AF294890

ISBN 9783755777830

Alle Rechte vorbehalten. Kein Teil des Werkes darf in irgendeiner Form (durch Fotografie, Mikrofilm oder ein anderes Verfahren) ohne schriftliche Genehmigung des Verlages reproduziert oder unter Verwendung elektronischer Systeme verarbeitet, vervielfältigt oder verbreitet werden.

Umschlagillustration: Klaus Kandel
Umschlaggestaltung: Klaus Kandel

Bild: ›Der Goldbach‹, aus ›Der Schwarze Hund‹
Fotograf: Karlheinz Stöß, Offenburg

Korrektorat: Ursula Schuchardt
s/w Illustrationen   Ursula Schuchardt

Copyright 2022 Klaus Kandel

Herstellung und Verlag: BoD – Books on Demand, Norderstedt

Mystische Schwarzwaldgeschichten
IV

Gefährliche Wege

Inhalt

1. Die Geisterratte

Wenn Marion etwas fürchtete und hasste, dann waren es Mäuse und Ratten.

Bereits die Vorstellung an diese Tiere ließ sie heftige Angst empfinden, welche sich beim Anblick von Bildern oder Filmen noch steigerte.

Erblickte sie einen realen Nager, löste das bei ihr unkontrollierte Panikattacken verbunden mit hysterischem Geschrei aus.

Eine Mäuse- und Rattenphobie ersten Grades!

Ihr Haus, war älteren Datums, besser gesagt, bereits ziemlich alt. Von Außen verschloss eine hölzerne Klappe die Treppe zum Keller. Nicht gerade mäusefest. Genauso wenig wie der Kellerzugang im Gebäudeinneren.

Die verwitterten Unterkanten der undichten Fenster, kaum zwei Handbreit über dem Erdboden des erheblich verwilderten Gartens liegend, wirkten für Nager jeglicher Art buchstäblich einladend.

Ihre Katzen, sie sahen ziemlich niedlich aus, schlugen aber seit den ersten unangenehmen Erfahrungen mit einer Ratte einen weiten Bogen um alles, was auch nur im Entferntesten nach einer aussah.

Selbst wenn nur eine kleine Maus durchs Zimmer huschte.

Marion verzweifelte beinahe, bis eine Bekannte ihr einen Tipp gab:

»Kaufe Dir eine ›Maine Coone‹, eine amerikanische Waldkatze. Sie putzt Dir die Mistviecher weg, ist ziemlich groß, besitzt ein weiches flauschiges Fell und, was wichtig ist, sie verträgt sich mit anderen Haustieren. Zum Beispiel mit einem Hund, dem ›Prager Rattler‹. Wie der Name aussagt, jagt dieser Ratten. Er ist überraschend klein, kaum dreißig Zentimeter hoch, aber überaus wendig und flink! Mit den beiden Tieren dürftest Du bald deine Ruhe bekommen. Nach den ersten paar toten Mistviechern nimmt der Rest rasch Reißaus!«

Was sich alsbald bewahrheitete. Höchstens vier Wochen später waren Haus und Hof frei von Ratten und Mäusen!

Was Marion sehr zufrieden zur Kenntnis nahm.

*

Ihr Mann, Karl, hingegen, mochte im Grunde keine Hunde und der Rattenjäger, lebhaft wie der sich gebärdete, nervte ihn besonders. Die paar Nager? Überhaupt nicht störend. Wenn seine geizige Frau nicht auf dem von ihren Eltern geerbten Geld säße und unbedingt weiterhin in der elterlichen Bruchbude, wie er das Haus im Stillen nannte, leben wollte, gäbe es all diese Probleme nicht. Als Banker hatte er viel mit der Finanzierung von Immobilien zu tun, warum nicht einmal in eigener Sache?

Das Grundstück in einer der besten Hanglagen im mittleren Kinzigtal, in der Nähe des kleinen Schwarzwaldstädtchens Hausach, stellte durchaus einen respektablen Wert dar. Das Häuschen selbst würde keinen müden Euro einbringen. Zwei nostalgische Kachelöfen, die einen von vorne her rösteten, indessen es von hinten kalt kam. Im Winter erwiesen sich die Nebenzimmer als wahre Eishöhlen. Eine gemütliche Zentralheizung hingegen? Nicht zu bezahlen, der nachträgliche Einbau hätte einen erheblichen Aufwand bedeutet, von der zusätzlichen dringend notwendigen Erneuerung der Hauselektrik gar nicht erst zu reden. Und da gab es noch Vorschriften bezüglich Wärmedämmung und ... und ...

Nicht zu vergessen die Sanierung der maroden Dachziegel!

Unversehens riss ihn seine Sekretärin aus den Gedanken!

»Herr Vogt, soeben kam ein Kunde, der Sie persönlich sprechen will. Er sagt, dass es sehr wichtig sei!«

Uninteressiert nahm er es zur Kenntnis. Die Anliegen aller Besucher standen offiziell stets an erster Stelle und er erweckte jedes Mal den Anschein, dass er sie ernst nahm. Um was es sich auch immer handelte. Ein unzufriedener Kunde, der sich unzureichend beraten fühlte, schadete ihm in der Kleinstadt enorm. Schlechter Service sprach sich schnell herum. Seufzend beschied er:

»Bitten Sie ihn herein, danke!«

Höflich stand er auf, als ein Mann mittleren Alters, nach Notar oder Anwalt aussehend, eintrat. Geschätzt ein Meter achtzig groß, korrekt gekleidet, einen Anzug mit Krawatte tragend.

Er schüttelte dem Besucher die Hand und bat ihn Platz zu nehmen.

»Was kann ich für Sie tun?«

Der Mann setzte sich dankend und entnahm einer Mappe eine Hochglanzbroschüre. Ein flüchtiger Blick auf die Broschüre genügte ihm. Von dem Immobilienkonzern hörte er bereits. Was wollte der in seiner eigentlich recht unbedeutenden Bank? Diese Firma arbeitete doch meist mit Großbanken zusammen. Also wartete er erst einmal ab.

»Darf ich mich vorstellen, mein Name ist Werner Weber.«

Er überreichte ihm eine edel aussehende Visitenkarte. Blaumetallic mit goldener Schrift.

»Herr Vogt, ich möcht Ihnen ein Geschäft vorschlagen, welches Sie persönlich betrifft. Ich gehe davon aus, dass uns hier niemand stört?«

Jetzt wurde er doch neugierig, also nickte er bejahend.

Der Broschüre entnahm Herr Weber eine Landkarte und legte sie auf den Tisch.

»Dies zeigt ein Gebiet, welches wir erschließen wollen! Eine Wohnsiedlung in bester Lage. Bedauerlicherweise liegt ihr Grundstück mitten darin. Das alte Haus ist nichts wert, Grund und Boden schon. Als Fachmann für Immobilien kennen Sie natürlich den Wert ihres Besitzes exakt. Hier, sehen Sie.«

Auf einer Doppelseite sah er den graphisch exzellent aufbereiteten Entwurf der geplanten Neubausiedlung. Mittendrin, wo sich zwei Straßen kreuzten, lag sein, genauer Marions Haus.

»Nun Herr Weber, ich gehe davon aus, dass Sie sich das Grundbuch gründlich angesehen haben. Das Haus gehört mir nicht! Wieso sind Sie hier?«

»Ganz einfach, wir sprechen ihre Frau an und bieten ihr den üblichen Marktwert für ein einzeln stehendes Haus. Erst einmal wird Sie sicherlich ablehnen. Sie wird sie fragen, was sie machen soll. Sagen Sie ihr, dass Sie die Verhandlungen übernehmen und wesentlich mehr herausschlagen werden! Vermutlich wird sie dann einlenken und verkaufen. Sie bekommen die Maklercourtage und diskret zusätzlich einen großzügigen Bonus.«

Herr Vogte kannte die Grundregel aller Makler. Ein Geschäft besteht mindestens zu fünfzig Prozent aus Psychologie, der Rest ist Verhandlungsgeschick.

Natürlich hatten sich Herr Weber und Kollegen vorher ein genaues Bild von Marion gemacht. Von ihm auch, wie ihr Vorgehen bewies.

Seine Frau war so geizig wie gierig! Was die Gier anbetraf, er war auch nicht viel besser!

Er würde an das Geld kommen, auch wenn er den Teufel dazu brauchte!

*

Hohenschramberg!

Eine durchaus respektable Ruine. Mehrere Etagen hoch, sehr lang, außergewöhnlich breit und gefährlich. Kein Kinderspielplatz!

Dafür bot sie eine wunderschöne Aussicht auf Schramberg.

Großer Parkplatz in geringem Abstand vor der Burg. Gleich im Eingang ging es nach links zum Burgstüble.

Wochentags verirrte sich kaum ein Gast auf die Ruine. Kein Wunder, denn sie war nicht gerade leicht zu erreichen. Nur über die L108, die Hornberg mit Schramberg verband.

Von Schramberg her kommend, an den Lauterbacher Wasserfällen vorbei, in einer langgezogenen Linkskurve, ging es nach rechts ab, einen steilen, engen Weg hoch.

Das Burgstüble? Gutbürgerliche Küche, moderate Preise.

Er mochte diesen Gasthof. Und das hervorragende Jägerschnitzel. Ein triftiger Grund, dort öfters rein zu schauen. Doch nicht mehr lange. Rosel wusste es nur nicht. Bald würde das Lokal schließen. Zu wenig Besucher.

Selten, dass jemand ein zweites Mal kam.

Mit Ausnahme des Jägers!

Rosel, die Bedienung im Burgstüble, freute sich. Ihr Lieblingsgast näherte sich.

Er kam festen Schrittes, das rechte Bein kaum merklich nachziehend, heran. Stets einen dunkelgrünen Jagdanzug aus Loden tragend. Dazu kam noch ein passender Hut, mit einer Vogelfeder im Hutband, den er zur Begrüßung höflich zog.

Über dem Rücken hing eine Schutzhülle mit einem Gewehr.

Ein Ecktisch, sofern nicht alles voller Gäste, war immer für ihn reserviert. Von dort aus hatte er eine gute Sicht übers Tal.

Da er stets das Gleiche aß und trank, ein Jägerschnitzel mit zwei Scheiben Brot und dazu ein Alpirsbacher Klosterbräu Pils, konnte Rosel manches vorbereiten.

Ein sehr angenehmer Gast. Und ein großzügiger, zumindest was das Trinkgeld anbetraf!

*

Marion konnte das Angebot kaum fassen. Aber die Broschüre von Herrn Weber war äußerst verlockend und überzeugend zugleich. Sie vermochte nur noch an das viele Geld zu denken.

Dann fiel ihr was ein.

»Wenn Sie mein Haus abreißen, wo wohne ich dann?«

»Nun, wir bieten Ihnen und ihrem Mann in einer Nachbargemeinde ein Fertighaus an, natürlich auf einem wesentlich kleineren Grundstück. Hier, ein Katalog unserer Häuser. Besprechen Sie das in aller Ruhe mit ihrem Mann.«

Das genau war ihr Problem. Karl sollte so wenig wie möglich davon abbekommen!

Zwei Tage benötige sie, um sich zu einem Entschluss durchzuringen. Wie sie es auch drehte und wendete, sie konnte nichts anderes tun, als ihren Mann einzuweihen.

Allerdings vor Zeugen, denn Marion traute ihm nicht über den Weg!

Maximilian ihr Sohn, einunddreissig Jahre alt, Ingenieur, sowie ihre Tochter Charlotte, siebenundzwanzig, Flugbegleiterin, mussten mit dabei sein!

Am darauffolgenden Samstag lud sie ihre Familie zum Kaffeetrinken ein.

Stolz legte sie die Broschüre der Immobilienfirma auf den Tisch. Auch Karl verstellte sich erfolgreich, als seine Kinder sich begeistert zeigten.

»Karl, Du musst mit der Firma die Details, inclusive des genauen Kaufpreises, verhandeln! Ich habe mir lediglich ausbedungen, dass wir ein Fertighaus bekommen! Wenn es in unserem Besitz ist, im Grundbuch eingetragen, veranlasst die Maklerfirma den Umzug. Wenn dieser abgeschlossen ist, erhält Herr Weber unser Grundstück mit Haus, nicht eine Sekunde früher!«

Zufrieden sah sich um. Beifall von allen Seiten, auch ihr Mann gratulierte lautstark.

Charlotte und Maximilian zeigten sich hocherfreut, dass sie das alte Haus mit dem sinnlos großen Grundstück loswurden. Besonders ihr Sohn, den Marion öfters versuchte, zum Rasenmähen einzuspannen!

*

Marion war sauer. Dabei war sie auch noch selbst schuld!

Der Haus- und Grundstücksverkauf war abgeschlossen. Der Umzug in das Fertighaus auch.

Vor Längerem bat sie Karl, ein Gutachten über den aktuellen Wert ihres Haus- und Grundbesitzes einzuholen. Nur so.

Die Immobilienfirma benötigte, um ihre Pläne zu verwirklichen, Marions Grundstück unbedingt! Was hieß, dass sie viel mehr zahlen würden, als das Gutachten auswies.

Da sie keine Gütertrennung hatten, würde Karl die Hälfte des Zugewinns beanspruchen.

Der Geiz und die Gier packten sie. Das musste unbedingt verhindert werden!

Tag und Nacht dachte sie nur an das viele Geld.

Sie würde notfalls dem Teufel ihre Seele verkaufen, wenn sie nur alles erhielt und Karl nichts. Ein Unfall? Gerne, aber wie?

*

Marion fragte sich, was Mann von ihr wollte. Die Videokamera an der Haustür lieferte ein gestochen scharfes Bild. Harmlos, Vertrauen erweckend aussehend, sauber rasiert, guter Haarschnitt. Alles kein Grund, den Mann nicht hereinzulassen.

Sie betätigte den Türöffner.

Überrascht betrachtete sie den Besucher.

Wirklich, ein toller Mann!

Er grüßte höflich.

»Frau Marion Vogt? Gestatten Sie mir, dass ich mich vorstelle? Mein Name ist Bub. Agentur für diskrete Problemlösungen aller Arten!«

Das war doch etwas für sie, oder nicht?

»Bitte nehmen Sie Platz, Herr Bub.«

Das ließ sich der nicht zweimal sagen. Der Blick, mit dem er sie betrachtete, ging ihr durch und durch.

»Darf ich ihnen einen Kaffee anbieten?«

»Sehr gerne, vielen Dank!«

»Bitte warten Sie einen Moment, ich will ihn nur frisch aufbrühen.«

Herr Bub lächelte. »Danke! Lassen Sie sich ruhig Zeit!«

Marion huschte in die Küche, setzte eilig das Kaffeewasser auf. Während dieses warm wurde, lief sie schnell ins Schlafzimmer.

Sie betrachtete sich im Spiegel und war mit sich zufrieden. Für ihr Alter sah sie noch ganz passabel aus. Die Bluse ließ tief blicken, der kurze Rock zeigte viel Bein.

Weitere Gedanken konnte sich Marion nicht machen, der Heißwasserzubereiter pfiff.

Kaffeepulver in zwei Tassen getan.

Milch, Zucker sowie eine kleine Packung Kekse auf ein Tablett gestellt und serviert.

Als sie zurückkam, saß Herr Bub - komischer Name! - auf dem Sofa vor dem Tisch, ein Blatt vor sich liegend.

Die Gelegenheit, um ihm nahezukommen!

Sie setzte sich dicht neben ihn, die Schenkel leicht geöffnet. Angesichts seines begehrenden Blickes wurde sie endgültig heiß. Herr Bub erkannte, dass es im Augenblick keinen Sinn mehr machte, um den Vertrag durch zu sprechen. Er stand auf, nahm Marion in den Arm und trug sie ins Schlafzimmer. Das Dokument? Das hatte noch ein paar Tage Zeit!

Ein Grund, um noch einmal wieder zu kommen. Und vielleicht Marion erneut zu genießen?

*

Hoch erfreut sah Marion Herrn Bub herankommen. Da er sich vorab telefonisch angekündigt hatte, empfing sie ihn in einer umwerfenden Kleidung.

Zufrieden nahm sie dessen Reaktion zur Kenntnis. Kaffee trinken, ein paar Kekse knabbern und dann ab ins Bett!

Von wegen.

Diesmal bestand er darauf, dass Marion ihm zuhörte. Und den vorbereiteten Vertrag durchlas.

Plötzlich ging ihr auf, um was es sich handelte. Die Lösung ihrer Probleme?

»Frau Vogt! Lesen Sie dieses Dokument in den nächsten Tagen durch, zu niemanden ein Wort! Wen Sie sich entschieden haben, rufen Sie dreimal laut meinen Namen!«

Ehe sie es sich versah, war Herr Bub gegangen.

Nicht war es mit einem erotischen Abenteuer.

Dann fiel ihr ein, dass Karl in zwei Stunden nach Hause kommen würde. Na gut, musste der halt ran!

*

Was war das gestern Abend gewesen? Seine Frau erwartete ihn in sexy Dessous, hochhackigen roten Schuhen, in jeder Hand ein Glas Sekt haltend.

Auf dem Couchtisch befand sich ein großes silbernes Tablett mit erlesenen Häppchen.

Und danach, Marion a la nature!

Grübelnd saß er hinter seinem Schreibtisch.

Wirklich, der gestrige Sex war einsame Klasse gewesen.

Aber wollte nicht Marion, sondern an ihr Vermögen!

Einen Unfall mit Todesfolge arrangieren?

Gerne, aber wie?

Es klopfte. Er hatte doch angeordnet, ihn nicht zu stören.

»Herein!«

Sieh an, seine Sekretärin. So nervös hatte er die noch erlebt,

»Ein Besucher! Korrekt gekleidet, aber ...!«

Sie zögerte.

»Ja, was ist mit ihm?«

»Als er hereinkam, durchfurch mich ein eisiger Schauer! Der Mann ist mir unheimlich!«

Mit einem Taschentuch wischte sie sich über die schweißbedeckte Stirn.

Er war ratlos.

»Ist gut, bitten Sie ihn herein!«

Also auf den Mann war er wirklich gespannt. Höflich erhob er sich und reichte ihm Hand. Er bat seinen Besucher, Platz zu nehmen.

»Was kann ich für Sie tun, Herr ...?«

Ehrlich, der Mann war sehr beeindruckend. Diese überreichte ihm eine Visitenkarte.

»Mein Name ist Bub. Beelz E. Bub. Agentur für diskrete Problemlösungen aller Arten.«

Karl schluckte nervös. Als er den Namen las, wusste er Bescheid! Jetzt ging es ans Eingemachte. Alles oder nichts.

Ein Vertrag! Er hatte ihn erhofft und zugleich gefürchtet. Eine klare, unwiderrufliche Entscheidung war nun fällig! Sein Magen verknotete sich.

Der Mann stand auf.

»Lesen Sie Vertrag in Ruhe durch! Alle Zeit Welt steht Ihnen zur Verfügung. Wenn Sie sich entschieden haben, sprechen Sie dreimal hintereinander meinen Namen aus. Danach treffen wir uns wieder! Ich wünsche Ihnen noch einen schönen Tag.«

Herr Beelz E. Bub stand auf und ging.

*

Die Tage wurden immer kürzer, der Sommer neigte sich dem Ende zu. Die Morgennebel brauchte immer langer, um sichtig aufzulösen. Die Blätter verfärbten sich, die ersten lösten sich von den Ästen.

Herbststürme rüttelten an den Fensterläden. Dann wiederum gab es goldene Oktobertage.

Dennoch kamen von Tag zu Tag weniger Gäste.

Nur der Jäger hielt dem Burgstüble die Treue.

Soeben aß der, wie ungewöhnlich, eine zweite Portion Schnitzel.

Zum Glück konnte Rosel dessen Gedanken nicht lesen.

Beide Opfer hatten mit ihrem Blut unterschrieben. Bald würde er kassieren, zwei Seelen zu Preis von einer.

Laut lachte der Jäger auf. Diese Sterblichen, dumm und gierig! Noch keinem war es gelungen, jemals wieder aus dem Vertrag heraus zu kommen. Wer las schon das Kleingedruckte? Rosel war verwundert, bisher hatte dieser noch nie laut gelacht!

*

Charlotte hatte einige Tage dienstfrei. Sie traf sich mit ihrem Bruder in dessen Junggesellenwohnung.

»Seit unsere Eltern aus der Bruchbude ausgezogen sind, läuft auch Ihre Ehe wieder gut! Mama hat ihre beiden Tiere einem Bauern geschenkt. Dort gibt es viele Ratten und Mäuse.«

»Auf jeden Fall stinkt es nicht mehr nach Katzen- und Hundekot.«, meinte Charlotte zufrieden.

Maximilian nickte zustimmend.

»Anfang Dezember haben sie ihren fünfunddreißigsten Hochzeitstag. Ich habe bei beiden vorgefühlt. Beide fanden es romantisch, dass wir die Feier ausrichten und die Kosten übernehmen. Ich schlug das Burgstüble auf der Hohenschramberg vor und sie waren damit voll einverstanden. Wenn du Zeit hast, fahren wir morgen hoch!«

*

Mit langen Gesichtern lasen sie den Zettel an der Tür.
- Von Oktober bis 31. März geschlossen. Für Gesellschaften ab zehn Personen, nach frühzeitiger Anmeldung geöffnet. -
Darunter eine Telefonnummer und eine Adresse.
Charlotte griff zum Handy.
Die Verbindung kam rasch zustande.
»Guten Tag. Ich heiße Charlotte Vogt und bin mit meinem Bruder Max hier oben. Können wir uns in einem Café in Schramberg treffen. Nein, warum nicht?«
Ein paar Sekunden später:
»Ach so! Bis nachher!«
Und an Max gerichtet:
»Sie will sich mit uns in Schiltach treffen. Los geht's!«

*

Das Café sah von außen recht einladend aus.
Als sie das Lokal betraten, blieb Maximilian wie vom Blitz getroffen stehen.
Aus einer Nische kam ihnen eine gutgekleidete, junge Frau entgegen und streckte ihm freundlich lächelnd die Hand entgegen.
Er war wie vor den Kopf geschlagen! Seine Traumfrau!

17

Welch ein wunderbares Wesen. Er hielt ihre Hand fest und sah nur noch ihr Gesicht, nahm die Umgebung nicht mehr wahr.

Ein kräftiger Stoß in seine Rippen brachte ihn wieder zu sich. Charlotte hatte schnell den seelischen Zustand ihres Bruders erkannt. Von Amors Pfeil getroffen!

»Darf ich vorstellen? Mein Bruder Maximilian Vogt, meist nur Max genannt. Ich bin seine Schwester Charlotte!«

Sie sprach Max direkt an: »Benimm dich endlich und lass ihre Hand los.«

Erschrocken stammelte er eine kaum zu verstehende Entschuldigung, puterrot im Gesicht.

Aber auch Rosel war vom gleichen Pfeil getroffen. Als sie den Mann erblickte, bekam sie weiche Knie, Schmetterlinge tanzten in ihrem Bauch.

»Mein Name ist Rosalia Haug, kurz Rosel genannt. Aber bitte, setzen wir uns.«

Max stotterte etwas. Total neben der Kapp, stellte Charlotte fest. Nun ja, bald würde er die Fassung wiedergewinnen. Hoffentlich. Ein prüfender Blick zu Rosel zeigte ihr, dass es der nicht besser ging. Na sowas!

Rosel entnahm ihrer Tasche einen Tablett-PC.

Sie wandte sich an Charlotte:

»Wie stellen Sie sich den Ablauf vor?«

»Wir mieten das Burgstüble ab Samstag und noch den Sonntag dazu. Es kommen Ungefähr zwanzig Personen. Ab fünfzehn Uhr gemischte kalte Häppchen-Platten. Um neunzehn Uhr dann Abendessen. Buffet mit mindestens drei Sorten Fleisch in Edelstahlwarmhaltebehältern und Beilagen. Selbstbedienung. Bereitstellung von Zimmern. Am nächsten Tag Frühstücksbuffet. Im Laufe des Vormittags werden viele nach Hause fahren. Später dann ein einfaches Mittagessen. Anschließend Kaffee. Können Sie damit etwas anfangen?«

Rosel nickte zustimmend.

Maximilian hörte die ganz Zeit über nur stumm zu.

Dann nahm er all seinen Mut zusammen: »Frau Haug darf ich Sie in den nächsten Tagen zu einem Abendessen einladen? Ich möchte Sie gerne wiedersehen.«

Ihre Augen strahlten.

»In zwei bis drei Tagen habe ich eine relativ detaillierte Ausarbeitung ihrer Wünsche. Mit einer entsprechenden Kostenabschätzung. Die jeweiligen Angebote liegen anbei. Sie erhalten alles als Mail im Format PDF. Lesen Sie die Unterlagen in Ruhe durch. Sobald Sie damit fertig sind, rufen Sie mich an und wir vereinbaren einen Termin. Bei Bedarf später noch weitere. Einverstanden?«

Natürlich stimmten sie ihr zu.

Maximilian sah auf die Uhr.

»Oh, wie schnell die Zeit verstreicht! Frau Haug, dürfen wir Sie noch zum Essen einladen? Schlagen Sie bitte hier im Ort ein geeignetes Restaurant vor!«

*

Noch zweimal trafen sie sich mit Rosel.

Dann stand das Programm fest.

Max hingegen besuchte Rosel so oft er konnte. Er liebte sie aus tiefstem Herzen. Dann, Mitte November, gingen sie Hand in Hand zu einem Juwelier, Verlobungsringe zu kaufen. Einzig Charlotte erfuhr davon.

*

Endlich war der große Tag da!

Ein schöner Spätherbsttag. Die Sonne stand tief über dem Horizont, ein schwacher Dunst lag über dem Schwarzwald. Die Bäume waren längst kahl, sodass die Ruine stolz und frei dastand.

Max hatte seine Eltern in seinem allradgetriebenen Fahrzeug mitgenommen. Erstens mussten Marion und Karl nicht auf jeden Schluck Alkohol achten und zweitens sagte die Wettervorhersage zeitweise lokale Schneeschauer voraus. Wenn er fuhr, trank Max keinerlei Alkohol.

Wenn man von Rosel absah, die das Burgstüble aufgeschlossen und angeheizt hatte, waren sie die ersten Gäste.

Max nutzte die Gelegenheit, um Rosel seinen Eltern vorzustellen, bevor der Trubel begann. Diese wussten nur aus ein paar Bemerkungen von Charlotte, dass Max anscheinend seine große Liebe in Schiltach gefunden hatte. Sie umarmten die junge Dame und luden diese zu sich ein.

Charlotte kam als Nächste und half umgehend Rosel.

Der Wagen von der Fleischerei mit den beheizbaren Behältern für die verschiedenen Fleischsorten und den Beilagen kam nur wenige Minuten später. Die Küche bot genug Platz, um dort erst einmal alles abzustellen und vorzubereiten.

Sekt, Orangensaft und Gläser standen bereit.

Um sechzehn Uhr trafen die ersten Gäste ein. Charlotte drückte jedem ein Glas Sekt oder Sektorange zur Begrüßung in die Hand!

»Auf das Leinenhochzeitspaar!«

Diejenigen, welche übernachten wollten, bezogen ihre Zimmer, bevor es draußen zu Dunkel wurde. Auf die Frage, wie sie heute Nacht ihre Autos wiederfinden würden, lachte Rosel: »Sie bekommen kleine Einmal-Laternchen. Die brennen ungefähr fünfzehn Minuten!«

Auf einem Nebentisch standen Edelstahl|-Speisenwärmer sowie Teller und Besteck. Daneben waren Weinflaschen, Bier, Mineralwasser sowie verschiedene Fruchtsäfte aufgebaut.

Dank Maximilians tatkräftiger Hilfe kein Problem.

Inzwischen saßen alle an einer Tischreihe, den gequält witzigen Tischreden und Gedichten zuhörend.

Nach dem letzten Vortrag bat Charlotte die Gäste ans Buffet.

Alle aßen, tranken und unterhielten sich glänzend. Die Stimmung war ausgezeichnet!

Draußen rieselten erste Schneeflocken herab.

»Karl, mir ist sehr warm. Könnten wir nicht ein paar Schritte an der frischen Luft machen?«

Was für ein Zufall! Genau das wollte er ja auch! Scheinbar zögernd stimmte er zu, besorgt dreinsehend.

Charlotte riet ab. »Geht bitte nur drei bis vier Schritte vor die Tür! Ein Nebelstreif und ihr verliert sofort die Orientierung!«

»Schon gut! Ich ziehe nur noch schnell was über.«

Charlotte sah sich um. Rosel und Maximilian fehlten. Ob die ebenfalls ein paar Minuten draußen herumliefen? Charlotte war beunruhigt. Das konnte böse ins Auge gehen!

*

Es war überraschend windstill.

Arm in Arm gingen sie langsam in den Burghof. Dabei die Richtung zur Bastion einschlagend.

Nach wenigen Schritten umgab sie eine undurchdringliche Wand aus dicht an dicht herabfallenden Schneeflocken. Ein weißer, peitschender Schneeschauer!

Man hatte sie gewarnt. Sofort hatten sie die Orientierung verloren!

Der starke Wind trieb sie Schritt für Schritt voran, in eine nicht auszumachende Richtung.

Genauso schnell, wie er gekommen war, verschwand der Schnee wieder. Im schwachen Schein des Mondes erkannten sie, wo sie sich befanden. Auf dem breiten Weg vor zur Bastion. Genau da hatten Sie eigentlich hingewollt. Rechts die hochragende Burgmauer, links, durch winziges Mäuerchen getrennt, der Abgrund!

Marion schrie laut und gellend, sich schreckerfüllt an Karl klammernd,

Vor ihr saß mitten auf dem Weg eine beinahe mannsgroße Ratte, sie schrill pfeifend böse aus gelblich funkelnden Augen anschauend. Karl wollte sie soeben über das Mäuerchen schubsen und geriet durch ihr Anklammern ins Taumeln. Marion schrie und schrie und schrie ...

Beide würden sie in wenigen Sekunden in die Tiefe stürzen!

Aus der Ratte löste sich ein dunkler Schatten, der sich auf die beiden warf und vom Abgrund wegschleuderte. Ein zweiter Schatten eilte herbei.

»Seid ihr verrückt geworden? Angetrunken im Dunkeln auf unbekanntem Gelände herumzulaufen? Ihr hättet Euch beide selbst umbringen können!«

Maximilian! Auch Rosel war herangekommen, leise auf Marion einsprechend.

»Beruhigen Sie sich! Es ist nichts passiert!«

»Die Ratte ...«, stöhnte Marion.

»Alles in Ordnung, hier ist keine Ratte.«

Inzwischen war auch Charlotte herangekommen

Plötzlich wurde es hell. Ein in dunkles Grün gekleideter Jäger stand vor ihnen, in fahles Licht gehüllt.

Ernst sah er Maximilian an:

»Junger Mann, sie haben fast recht! Aber die beiden wollten sich nicht umbringen. Aus Geldgier wollte ihre Mutter ihren Vater und umgekehrt umbringen. Der Überlebende hätte dann alles bekommen! Auch ich war zu gierig. Zwei Seelen zum Preis von Einer! Rosels und ihre Liebe haben den Vertrag jedoch ungültig gemacht. Durch Zufall haben sie die einzige Bedingung im Kleingedruckten erfüllt, welche die Verträge unwirksam macht. Pech für mich!«

Zwei Dokumente erschienen und schwebten vor Marion und Karl zu Boden.

»Kein Geld der Welt rechtfertigt einen Mord!«

Langsam verblasste die Gestalt des Jägers und verschwand.

Rosel kniete noch immer neben der auf dem Boden sitzenden Marion, ihre Hand haltend, beruhigend auf sie einredend. Karl saß geschockt und zitternd an die Burgmauer gelehnt da.

Charlotte hatte Augen und Mund weit aufgerissen, bewegungslos daneben stehend, unfähig sich zu rühren.

Max scharfe Stimme riss sie aus ihrer Starre.

»Charlotte! Kümmere dich um deine Mutter! Rosel sei bitte so lieb und hole vier kräftige Männer und sage ihnen, dass meine Eltern auf einer glitschigen Stelle ausrutschten. Bringe bitte auch Lichter mit!«

Maximilian bückte sich und nahm die Dokumente, welche am Boden lagen, an sich. Mit einem Stempel versehen: ›Abgelaufen‹.

Ein kurzer Blick darauf genügte:

Kopfschüttelnd, vorwurfsvoll, sah er seine Eltern an: »Wie konntet ihr nur?«

Beide schlugen die Augen nieder, hielten seinem Blick nicht stand.

Kaum zwei Minuten später war Hilfe da.

Gleich darauf saßen Marion und Karl, in wärmende Decken gehüllt, am Kachelofen, jeweils ein Glas heißen Tee in der Hand, Schluck für Schluck langsam zu sich nehmend.

Alle saßen wieder am Tisch.

Rosel und Charlotte brachten zwei Tabletts mit gefüllten Sektgläsern an. Maximilian erhob sich, Rosel stand lächelnd neben ihm.

Fragend sahen ihn alle an.

»Ich möchte hiermit unsere Verlobung bekannt geben! Wir halten den Hochzeitstag meiner Eltern für eine gute Gelegenheit!«

Charlotte trat heran, ihm ein geöffnetes Etui reichend.

Zwei goldene Ringe.

Behutsam steckte er Rosel einen an. Rosel ihrerseits, mit Tränen in den Augen, steckte Maximilian den zweiten Ring an.

Vom Tablett nahm er zwei Sektgläser und reichte eines Rosel:

»Mein geliebter Schatz, auf eine glückliche Zukunft!«

Unter dem Beifall aller Gäste umarmte er seine Verlobte, gab ihr einen langen Kuss.

Seine Eltern erhoben sich.

»Liebe Kinder, auch wir wünschen Euch alles Gute auf eurem gemeinsamen Lebensweg!«

Erneut stürmischer Beifall.

Die kleine unscheinbare Ratte unter der Eckbank sah niemand. Einerseits bedauerte Sie, dass Marion und Karl

ihr entkamen, andererseits gönnte sie den zwei jungen
Menschen ihr Glück!

Der schwarze Hund

»Herr Direktor! Zwei Herren von der Polizei möchten Sie sprechen!« Seine Sekretärin meldete sich über die Sprechanlage.

Irgendwie erfasste ihn eine dumpfe Vorahnung. Das konnte nichts Gutes bedeuten, eher eine unangenehme Nachricht.

»Bitten Sie die Herren herein!«

Ein paar Sekunden später traten die Polizisten ein. Höflich wies er auf die Stühle vor seinem Schreibtisch und bat sie, sich zu setzen.

Bedrückt saßen sie vor ihm.

»... geriet der Lastwagen ins Schleudern! Die Fahrerin im entgegenkommenden Wagen besaß nicht die geringste Chance! Sie und ihr Baby waren sofort tot!«

Geschockt saß der Direktor einige Sekunden lang da ehe, er zum Telefon griff und die Nummer der Notaufnahme wählte.

Mit gebrochener Stimme:

»Bitte schicken Sie umgehend Dr. Meyer zu mir!«

Keine zwei Minuten später trat der junge Arzt ein und nahm erstaunt die beiden Beamten zur Kenntnis. Der Direktor bat ihn, auf dem noch freien Stuhl Platz zu nehmen.

Totenbleich, wie versteinert, vernahm er die Botschaft.

Seine Gedanken rasten. Ornella und die kleine Charlotte waren nicht mehr am Leben!

Ein Stöhnen entrang sich seiner Brust, er schloss die Augen. Der neben ihm sitzende Polizist fing die zusammenbrechende Gestalt gerade noch auf!

Die Durchsage in der Rufanlage des Krankenhauses konnte man nicht überhören:

»Die leitenden Ärzte der Notaufnahme und der Psychiatrie, sofort zur Direktion kommen. Notfall!«

*

Ein kleines L-förmiges Holzhaus, auf einem festen Betonsockel stehend, der Winkel zwischen den beiden Hausteilen war überdacht.

Es stand auf einem bewaldeten Hügel, hoch über der Kinzig, direkt am Waldrand. Weit entfernt führte ein befestigter Weg vorbei, hoch in den Schwarzwald, mühelos für Traktoren oder Holztransporte geeignet.

Etwa fünfzig Meter entfernt lag sich ein winziger Weiher, eher ein Tümpel, oberhalb dem eine ganzjährig wasserführende Quelle entsprang und den klitzekleinen See speiste. Dieser war voller Molche, Frösche und Kröten.

Das Häuschen selbst war eingeschossig mit einem spitzwinkligen Dach versehen.

Kein Strom, kein fließend Wasser, nur eine Schwengelpumpe in der Küche. Zum Heizen diente ein Kachelofen, der wie der Herd mit Holz befeuert wurde.

Zu wenig Komfort für verwöhnte Städter.

Mehrere Jahre lang stand es leer.

Bis vor einem Jahr ein Mann aus Norddeutschland einzog. ›Joachim Meyer‹ stand auf einem Holzschild an der Tür. Mehr wusste man nicht von ihm. Schlank, dunkelhaarig, sein Alter schätzungsweise Mitte dreißig.

Zuerst legte er einen Kräutergarten, dazu einige Gemüsebeete an. Hinzu kam ein Hühnerstall mit einem Freigehege. Fuchs und mardersicher.

Moderne Technik? Lediglich ein Trekkingrad sowie ein Handy mit einem Solarpanel, um es aufzuladen. Manchmal saß er traurig vor sich hinblickend auf der Bank unter der überdachten Ecke, wenn er nicht gerade im Schwarzwald wanderte. Vom Frühjahr bis Herbst war im Wald unterwegs, ungeachtet des Wetters.

Meist zu Fuß.

Größere Strecken legte er jedoch mit dem Fahrrad zurück. Selten dass ein Jäger oder Förster zu dem Häuschen kam.

Wenn er anwesend war, lud er seine Besucher zu einem Vesper ein, oder es gab kühle Getränke aus dem Keller.

Er sammelte essbare Pflanzen wie Breitwegerich, Bärlauch und Sauerampfer zum Privatgebrauch. Dazu kamen Brombeeren, Himbeeren, Heidelbeeren, Walderdbeeren und dergleichen. Die Beeren verarbeitete er zu Saft oder Marmelade und lagerte sie im Keller ein.

Nicht zu vergessen all die vielen Pilze. Überwiegend Birkenpilze, Maronenröhrlinge, Hallimasch, Pfifferlinge und Steinpilze. Diese trocknete er und bewahrte sie in Stoffbeutelchen auf.

Im Herbst bot der Wald außerdem reichlich Haselnüsse und Maronen. Einen Raum unter dem Dach nutzte er hierfür zum Trocknen.

Wenn man sich auskannte, bot der Wald eine breite Palette an Nahrung.

In der kleinen Stadt im Tal an der Kinzig kaufte er einmal im Monat Lebensmittel ein. Haltbares Vollkornbrot, Butter und Rapsöl beispielsweise. Er lebte sehr genügsam, vom Ersparten konnte er seinen Bedarf noch lange decken.

Mit einem der Förster freundete er sich per Zufall an. Dessen Frau bekam anscheinend immer wieder Magenprobleme. Kein Problem für ihn! Aus getrockneten

Pflanzen, klein geschnitten, stellte er eine Mischung zusammen. Täglich abends ein Teeei damit befüllt und in eine große Tasse mit heißem Wasser gehängt, zehn Minuten ziehen lassen.

Dazu noch den allgemeinen Hinweis, scharfe und fette Speisen zu meiden. Und wenn sie keine Laktoseunverträglichkeit hatte, zusätzlich einmal am Tag ein Glas Milch. Nicht direkt aus dem Kühlschrank, sondern auf Zimmertemperatur angewärmt. Der Förster dankte und ging wieder.

Zwei Wochen später kam er erneut vorbei. Seiner Frau ging es ausgezeichnet! Ohne die Magenschmerzen ging es ihr auch psychisch glänzend. Sie lebte seitdem richtig auf und wollte demnächst mit ihrem Mann einen vierzehntägigen Urlaub an der Ostsee verbringen und bat um eine weitere Portion der Kräutermischung.

Aber ja, machte er doch gerne. Der Förster gab ihm eine Papiertüte. Er verschwand kurz im Haus und kam nach kaum zwei Minuten mit der prall gefüllten Tüte zurück.

Der Mann druckste ein wenig herum, ehe er deutlich herausbrachte.

»Ich bim Ihnen sehr zum Dank verpflichtet. Bitte nennen Sie mich Heinz!«

Er lachte. »Kein Problem, ich heiße Achim!« Die Männer schüttelten sich die Hände.

»Wie kann ich mich bei dir erkenntlich zeigen, Achim? Darf ich dir irgendwie helfen?«

»Aber ja! Du kennst doch sicherlich einen Bauern, bei dem ich, fertig in Scheiten, für meinen Ofen und den Herd, Brennholz kaufen kann?«

Heinz nickte und versprach sich umzuhören.

Am nächsten Tag hupte es vor seinem Haus. Verwundert erblickte er den Allradwagen mit einem voll Holzscheiten beladenen Anhänger vor der Tür.

»Mit vielen Grüßen vom Förster! Alles bezahlt! Wo darf ich abladen?«

*

Ein kräftiger Landregen. Unter dem Vordach sitzend beobachtete er die sich schnell ausbreitende Nässe. Vor dem Haus begannen sich Pfützen zu bilden, welche sich zu kleinen Rinnsalen zusammen schlossen.

Bisher döste er leicht vor sich hin, aber jetzt war er hellwach. Aus dem Wald näherte sich ein respektabler Hund, schwarzblaues, langhaariges Fell, das patschnass am Körper klebte. Und er hinkte. Langsam stand er auf und ging dem Tier entgegen. Begütigend auf den Hund einredend, lockte er ihn heran. Zwei Schritte vor ihm blieb das Tier stehen und ihn hilfesuchend ansehend. Vorsichtig hielt er ihm die Hand hin, welche der Hund beschnuppere und daraufhin näher kam, so dass er ihn behutsam streicheln konnte.

Er nahm die verletzte Pfote hoch. Auweia, eine sicherlich schmerzhafte Wunde, zu dem blutend.

Sich langsam bewegend, er wollte den Hund nicht erschrecken, öffnete er die Haustür. Zu seiner Verwunderung hinkte der ohne weitere Aufforderung hinter ihm her und ließ sich auf dem alten Läufer vor dem warmen Kachelofen nieder.

Eine große Schale mit Ziegenmilch hingestellt und gleich darauf schlabberte es vernehmlich. Zwei dick bestrichene Butterbrote, in Häppchen geschnitten, und der Hund war zufrieden.

Auch duldete er eine Untersuchung seiner Pfote. Einmal zuckte er kurz zusammen, aber er machte keinen Versuch ihn zu beißen. Also weiter im Text. Wundspray oder Salbe?

Als das Tier begann, die Verletzung zu lecken, die Blutung hatte von selbst aufgehört, entschloss er sich, nicht einzugreifen und die Heilung der Natur zu überlassen.

Ein Auto hielt vor dem Haus. Heinz der Förster. Schnell stellt er einen Krug auf den Tisch, einen kühlen, leichten Weißwein, einen Riesling. Dann trat vor die Tür und bedeute seinem Besucher, leise zu sein. Verblüfft folgte dieser ihm und setzte sich still.

»Zum Wohl Heinz,« flüsterte er und deutete zum Kachelofen.

Für einen Moment erschrak der Förster beim Anblick des Hundes.

»Oh je! Wo hast Du denn den her?«

»Gerade vorhin zugelaufen. Er hat sich an der rechten Vorderpfote verletzt. Ich habe ihn erst einmal gefüttert und ihn ansonsten in Ruhe gelassen. Er ...«

Achim unterbrach sich. Das Tier gähnte lauthals und kam langsam herbei, auf den Förster zusteuernd.

»Heinz, halte ihm in aller Ruhe eine Hand hin, am besten den Handrücken! Keine hastigen Bewegungen!«

Dieser tat wie ihm geraten, ließ sich kurz beschnüffeln und über die Hand lecken.

Anschließend drehte sich Hund um und trottete zurück zur Decke. Dort leckte er über seine verletzte Pfote.

Achim stand auf und füllte die Schale mit frischer Ziegenmilch nach. Zwei Landjäger, in Stücke geschnitten und er stellte diese auf einen Steingutteller neben das Tier. Dann setzte er sich wieder an den Tisch.

Nachdem der Hund wach war, konnten sie mit normaler Lautstärke sprechen.

»Eigentlich müsste ich ihn wegen Wilderns, sofern ich ihm im Wald begegne, abschießen. Solange es keine Beschwerden gibt, werde ich darüber hinwegsehen. Aber andere Jäger sind nicht so rücksichts- voll!«

»Ich weiß! Aber er sieht gepflegt und ausreichend genährt aus. Sicherlich gehört er jemandem. Keinesfalls werde ich ihn anleinen. Bisher scheint er mit seinem Leben gut zurechtgekommen zu sein. Wenn er bei mir bleiben will, in Ordnung, wenn nicht, aber auch später, ist er mir stets willkommen.«

*

Schicker roter Sportwagen. Irgend ein ausländisches Modell. Arno fuhr schnell und rücksichtslos.

Ab und zu bekam er einen Strafzettel wegen zu schnellem Fahren. Na und, es störte ihn kaum. Auch nicht, dass er einmal drei Monate lang Fußgänger war. In dieser Zeit fuhren ihn seine Freunde.

Des Öfteren trank er einen über den Durst und setzte sich dennoch anschließend hinter das Steuer. Offiziell nahm das niemand zur Kenntnis. Aber alle waren sich darüber im Klaren, dass es nicht immer gut gehen konnte. Trotzdem sahen sie weg.

Rücksicht seinerseits gegenüber anderen gehörte nicht zu ihm! Sein Vater war ziemlich einflussreich. Da viele in dessen Fabrik im Kinzigtal arbeiteten, konnten es sich einige nicht leisten, seinen Sohn zu verärgern. Keiner wollte es sich mit einem der größten Arbeitgeber in der Umgebung verscherzen.

Arnos Schulbildung? Gerade mal dass er die Realschule bestand. Nicht weil er dumm war, sondern, was das Lernen anbetraf, nur bodenlos faul.

Geschätzt einen Meter und achtzig groß, vierschrötig. Körpergewicht an die hundert Kilo. Freiwillig legte sich mit ihm keiner an. Nicht mit Arno!

In seiner Stammkneipe war er der große Wortführer. Zudem ein gefürchteter Schläger. Unfair kämpfend, sodass sich niemand gegen ihn stellte. Er war der Größte! Entsprechend führte er sich auch auf.

Frauen? Aber ja, andauernd eine andere. Einmal jedoch kam er an die Falsche. Ihr Bruder, ein Kampfsportler mit einem schwarzen Gürtel, schlug ihn windelweich. Die Prügel vergaß er nicht so schnell! Seitdem ging er etwas vorsichtiger vor, was die Wahl seiner Freundinnen anbetraf. Außerdem, zu viele sahen zu, wie ihn sein Gegner fertig machte. Dabei verlor er viel von seinem Ansehen.

Zwar schwor er bittere Rache, aber zumindest im Augenblick ergab sich hierzu keine für ihn ungefährliche Gelegenheit. Mit andern Worten: ein Maulheld, dennoch ein Feigling!

*

Wütend verließ Arno das Büro seines Vaters.

Dieser teilte ihm in Gegenwart eines Anwalts mit, dass er ihn enterbt und somit auf das Pflichtteil setzte. Die Fabrik würde in eine Stiftung übergehen. Zudem halbierte er die monatlichen Zuwendungen. Mit dreißig Jahren war es höchste Zeit, sich endlich eine Arbeit zu suchen. Jedoch nicht im väterlichen Betrieb, keinesfalls als Sohn des Chefs!

Natürlich sah er das nicht ein. Er und arbeiten?

Zumal als einfacher Automechaniker? Andererseits bestand er damals die Lehre mit durchaus befriedigenden Noten. Er dachte lange nach. Hatte sich nicht einer seiner Bekannten, dieser besaß eine kleine Kfz-Werkstatt nebst Gebrauchtwagenhandel, über Personalmangel beklagt?

Mal sehen, ob sich da, zumindest für einige Zeit, etwas machen ließ. Mehrere offene Unterstände und die darunter ausgestellten, ›aufgearbeiteten‹ Fahrzeuge sahen wieder recht brauchbar aus. Im Freien verstaubten sie zu schnell und der Regen ...

Zwei Tage später bekam er den Job. Mädchen für alles, in der Werkstatt und beim Gebrauchtwagenverkauf.

Jetzt erwies es sich als Vorteil, dass er viele Bekannte besaßen. Einer von ihnen, dieser fuhr aus Nostalgiegründen ein älteres Auto, kein moderner Computer auf Rädern, kam vorbei.

Ob er man nicht ein paar PS mehr herausholen könnte und bei der Gelegenheit auch den Zählerstand ein wenig, wirklich nur ganz wenig ...

Kein Problem! Die Ansaugrohre innen extra fein poliert und ein bisschen am Tacho herumgefummelt. Der Kunde war hochzufrieden. Und erzählte es im Kreise der Autonarren weiter. Da er in manchen Fällen die benötigten Teile offiziell kaufte, dies beim TÜV korrekt in die Fahrzeugpapiere eintragen ließ, kam keinerlei Manipulationsverdacht auf.

Ein Opel Kadett ′C′ wurde eine wahre Meisterleistung. Doppelvergaser eingebaut, polierte und innenvercromte Ansaugrohre, angepasste Stoßdämpfer, vergrößerte Bremsen sowie die vom Hersteller zugelassene maximale Felgen- und Reifenbreite. Nicht zu vergessen einen Doppelauspuff. Die Einzelabnahme beim TÜV fiel nicht gerade billig aus, aber alle Kosten lohnten sich. Der

Kadett ging ab wie eine Rakete, darüber hinaus mit einem Supersound!

Eine Lackierwerkstatt spritzte das Fahrzeug in das vom Kunden gewünschte Design um.

Ein in Kreisen der Fans von nostalgischen Autos führendes Magazin brachte einen ausführlichen Bild- und Fahrbericht.

Er, Arno, fühlte sich wieder als den Größten! Und benahm sich anderen gegenüber großspurig, arrogant und herablassend.

Nicht bei Kunden! Da glänzte er mit ausgezeichneten Manieren. Er wusste genau, woher das Geld kam. Und er wollte mehr! Viel mehr. Vor allem ohne Arbeit und ölverschmierte Hände an Geld kommen. Aber wie? Im Moment fiel ihm nichts ein.

Aber bei erster sich bietender Gelegenheit würde er zuschlagen!

*

Sein Chef lud die gesamte Belegschaft kurzfristig zu einem Grillabend nach Steinach ein. Wodurch seine Laune daher nicht gerade rosig war.

Als er ausstieg, lief in ein paar Metern Entfernung ein schwarzer Hund vorbei. An dem konnte er seinen Frust ablassen. Der Parkplatz war mit scharfkantigem Schotter ausgelegt. Bewusst suchte er sich den größten Stein aus und warf ihn mit aller Kraft nach dem ahnungslosen Tier.

Volltreffer! Genau in die Seite. Laut und schmerzvoll aufjaulend rannte der Hund weg. Zufrieden und höhnisch lachte Arno ihm hinterher. Dem Biest hatte er es gezeigt!

*

Kläglich winselnd kratze etwas an seiner Tür.

Er las eben in einem Buch, stand nun auf und öffnete. Der schwarze Hund!

Hilfesuchend, leise fiepend, sah in dieser an. Oh je! An einer Seite blutete der.

Behutsam legte er das Tier auf die gewohnte Decke. Mit einer vorne abgerundeten Schere schnitt er das Fell rund um die Wunde weg.

Beruhigend auf ihn einsprechend strich er eine desinfizierende Wundsalbe auf die jetzt nur noch schwach blutende Stelle und bedeutete ihm, liegen zu bleiben.

Zudem stellte er dem Tier wieder eine Schale voll Ziegenmilch hin. Nicht zu vergessen ein saftiges, ein halbes Kilo schweres Kotelett. Frisch vom Metzger. Sollte eigentlich sein Abendessen sein, aber der Hund brauchte es nötiger. Für in war eine dicke Scheibe Brot mit Milch durchaus genügend. Mehr bedurfte er nicht.

Nachdenklich zog er sich in den Stuhl zurück, nahm sein Buch erneut zur Hand. Doch er vermochte nicht, sich auf den Text zu konzentrieren.

Er schaute dem fressenden Tier zu und überlegte, wie der es geschafft hatte, sich an dieser Stelle zu verletzen.

Dabei schlief er ein.

Er erwachte, als der Hund bellend an der Tür stand. Aha, der musste wohl mal. Um ein Malheur im Zimmer zu vermeiden, öffnete er schnell. Umgehend schoß das schwarze Bündel hinaus, um gleich darauf im Wald zu verschwinden. Zurück in der Küche stellte er fest, dass vom Kotelett nur noch ein säuberlich abgenagter Knochen vorhanden war. Auch die Milch in der Schale war völlig ausgeleckt.

›Ich freue mich, dass es Dir geschmeckt hat, mein Freund!‹ dachte er. ›Komm bald wieder!‹

*

Ein trüber, nasskalter Tag.

Trotzdem war er auf schmalen Wegen im Schwarzwald mit seinem Trekking Bike unterwegs. Viele der Täler wiesen größere Bäche auf, wobei diese Seitentäler ihrerseits oft über Bäche und Rinnsale verfügten.

Inzwischen war er bereits mehr als vierzig Kilometer gefahren. Langsam wurde er müde.

Laut seinen hoch auflösenden, topografischen Karten, 1:25000, erreichte er demnächst einen Unterstand. Fein, etwas Ausruhen, ein wenig Vespern, - wozu hatte er seinen Rucksack gefüllt? - und danach gemütlich wieder zurückfahren.

Über die Wanderwege mit ihren Bächen, selbst über die kleinsten, führten meist Holzbrückchen hinweg.

Soeben passierte er einen der Übergänge, als sah, dass vor ihm der schwarze Hund auf dem Weg saß.

Er stieg ab und streichelte das Tier, welches sich dies gern gefallen ließ. Nach ein paar Minuten sprang der Hund mit einem großen Satz in den Bach, und landete mehrere Meter oberhalb des Brückchens. Davor rauschte das Wasser über einen doppelt mannshohen Felsen herab, eine kleine Kuhle bildend.

Leise bellend begann der Hund im Bachbett zu buddeln, dabei ihn immer wieder auffordernd ansehend.

Aha, der wollte wohl, dass er ebenfalls ins Wasser stieg und ihm beim Graben half. Seine Schuhe konnte er anschließend vergessen. Die waren garantiert nicht wasserfest! Trotzdem griff er mit beiden Händen zu und entfernte die Steine. Keine zwei handbreit tief stieß er auf Metall. Er holte es hoch und staunte.

Das gab es doch nicht! In der Hand hielt er einen größeren Brocken Gold!

Da seine Hände keine geeigneten Grabwerkzeuge waren, schließlich war er kein Maulwurf, grub er mit Hilfe eines Aststückchens weiter und fand noch mehrere schwere Goldstücke. Als er glaubte, alles gefunden zu haben, bedeutete ihm der Hund an anderen Stellen fortzufahren.

Nach gut einer Stunde und mehrfachem Wechseln des Ortes fand er schätzungsweise über zwanzig Kilo Gold. Ein Vermögen! Er wusste nicht, was er damit tun sollte. Also er packte es erst einmal in seine Satteltaschen, bis diese randvoll waren. Aber ein leises Bellen zeigte ihm an, dass er noch nicht fertig war. Mit blutenden, schmerzenden Händen ging es weiter. Um zusätzlichen Platz zu erhalten, entleerte er den Rucksack und gab dem Tier alles, was essbar war. Endlich war es vorbei mit graben. Nun musste er das Gold schnellstens in Sicherheit bringen.

Mit anderen Worten: Ab nach Hause und es niemandem zeigen. Was sich in seinem derzeitigen Zustand nicht gerade als einfach erwies. Durchfroren, das Wasser war eiskalt gewesen, durchnässt dank eines nur wenige Minuten herabströmenden Regen, erschöpft durchs Graben, büßte er viel von seiner Kraft ein.

Zuerst musste er abklären, wem das Gold gehörte. Hierzu fand er im Internet folgende Aussage: - grundsätzlich ist Gold als Bodenschatz staatliches Eigentum des jeweiligen Bundeslandes. Schätze, die im Wasser gefunden werden, sind von der Regel ausgenommen. –

Ob das wirklich so stimmte? Lieber nichts sagen!

Als er sich bei dem Hund bedanken wollte, war dieser verschwunden. Das Futter auch. Schien ihm wieder einmal geschmeckt zu haben.

*

Nach rund zwei Wochen waren seine Hände verheilt, die Erkältung, die er sich zugezogen hatte, war auch überstanden.

Heute gab es einen warmen und sonnigen Tag. Nachdenklich saß er am Ufer eines Baches, welcher rund hundert Meter weiter in die Kinzig mündete.

Derzeit war der Wasserstand niedrig. Viele Steine kamen zu Vorschein. Flüchtig glitt ein Blick darüber hinweg,

In Gedanken ging er die letzten Wochen zurück.

Nachdem er wieder einigermaßen fit war, nahm er den Zug nach Offenburg. Bei einer Bank richtete er ein Girokonto ein und mietete ein großes Schließfach an.

Am nächsten Tag war er erneut da. Dieses Mal mit einem schweren Rucksack voll Gold. Der Behälter im Fach war danach zu neunzig Prozent gefüllt. Zweihundert Gramm behielt er bei sich.

Damit suchte er einen der hiesigen Edelmetallhändler auf. Zuvorkommend führe man ihn in ein Büro.

»Guten Tag! Ich bin für die Begutachtung der Ware zuständig. Aber bitte, setzen Sie sich!«

Er reichte sein Gold dem Mann, dem Namensschild nach, hieß dieser Wehrle.

Gewogen, das Volumen in einer Flüssigkeit gemessen, mit einer Lupe genau betrachtet.

»Sehr gute Qualität. Sieht aus, wie wenn Sie es aus einem Bach oder Fluss gewaschen hätten. Stimmt das?«

»Ja, aus einem Schwarzwaldbach. Ich fand es per Zufall. Ein heftiger Regenschauer ließ den Bach kurzzeitig anschwellen und legte das Metall frei. Danach suchte ich den Bach gezielt ab und fand noch mehr. Da ich keine Goldwascheinrichtung wie Schaufel, Siebe und Ähnliches, dabei hatte, konnte ich nur ein paar größere Stücke von Hand freilegen.«

»Sie besitzen also noch mehr?« Zustimmend nickte er.

»Ich nehme an,« meinte sein Gegenüber, »dass Sie das hier als Tafelgeschäft abwickeln wollen? Bargeld gegen Ware?«

»Ja!«

Herr Wehrle nahm seinen Taschenrechner zu Hilfe. Es sind über zweihundert Gramm mit hohem Reinheitsgrad.

»Wir bieten Ihnen fünfzehnhundert Euro! Einverstanden?« Natürlich schlug er ein!

Anschließend ließ er sich aufklären, welche Mengen, in welch zeitlichen Abständen, sie aufkaufen würden. Bitte nach Voranmeldung, damit sie das Geld rechtzeitig bereitstellen konnten.

Freundlich wurde er verabschiedet.

Danach ging er erneut zur Bank und zahlte zweidrittel des Geldes auf das neu angelegte Konto ein.

Aus dem Verkauf der früheren Eigentumswohnung war noch für eine lange Zeit Geld vorhanden.

Eigentlich benötigte er derzeit keines.

Andererseits, mit all dem Gold brauchte er sich, um seine Zukunft, nie mehr Sorgen zu machen. Fein, sehr fein! Das Pfeifen eines Zuges weckte ihn aus den Erinnerungen.

Einer der Steine erregte seine Aufmerksamkeit. Einem Ei ähnlich, mit einer ungewöhnlichen Oberfläche. Vorsichtig balancierte er über trockene Steine hinweg zum Ziel. Prompt rutschte er aus und stand mit beiden

Füßen im Wasser. Schon wieder neue Schuhe kaufen. Jetzt war ihm alles egal. Er schnappte sich den Stein und kehrte ans Ufer zurück. Mit einem großen Feuerstein darauf geschlagen bestätigte seine Vermutung, eine Druse beziehungsweise Geode. Ob es hier noch mehrere Drusen gab? Immerhin fand er innerhalb einer Stunde noch drei weitere gleichartige Steine. Diese in den Rucksack gepackt, fuhr er anschließend gemütlich nach Hause.

Was nun damit anfangen? Um sie zu öffnen, brauchte er eine Steinsäge. Doch woher eine nehmen? Hier half nur seinen Bekannten anrufen.

»Hallo, Heinz! Da wäre etwas, rein privat, das ich Dir gerne zeigen möchte. Wann kannst Du vorbeikommen? Was? So bald? Ach so, Du bist gerade in der Nachbarschaft unterwegs. Sehr schön, ich warte!«

Keine fünfzehn Minuten später bremste ein Auto vor seiner Tür. Schau an, sein Freund der Förster.

Den hatte wohl die Neugier herbeigetrieben. So schnell, wie er ankam.

»Komm rein, Heinz und setz dich.«

Der übliche Krug mit einem leichten Weißwein und zwei Gläsern stand bereits auf dem Tisch. Als der Förster saß, holte er die Geoden. Vorher aber stieß er noch mit ihm an.

»Zum Wohl!«

Beide tranken erst einmal.

»Sie klingen hohl. Wahrscheinlich sind es Drusen. Sie gehören Dir! Du must allerdings noch jemanden finden, der sie aufsägt!«

»Kein Problem, ich kenne da einen Mineralienfreak. Wenn sie offen sind, bringe ich sie vorbei. Dann siehst Du selbst, was drin ist! Einverstanden?«

»Ja, aber denke daran, es sind jetzt deine.«

*

Zwei Tage später legte Heinz die halbierten Steine auf den Tisch. Wunderschön!

Achat und Amethyst. Die Drusen glänzten und funkelnden.

»Wo hast Du sie gefunden?« Er beschrieb ihm den Weg.

»Wenn Du möchtest und Zeit hast, können wir gerne gemeinsam die Stelle auf suchen. Aber nur in Gummistiefeln! Meine Schuhe konnte ich hinterher nur noch wegwerfen.«

Verabredungsgemäß wartete Heinz mit seiner Frau Marianne um Neunuhr vor der Tür.

Eine kurze Fahrt und danach folgte ein zwanzigminutiger Fußmarsch. Dort wo er mit dem Fahrrad leicht durchkam, standen Fahrverbote für Autos.

Egal, sie waren früh genug am Bach. Zuerst suchten sie bachabwärts bis zur Kinzig, anschließend eine längere Strecke aufwärts. Gegen Mittag hatten sie sieben Drusen gefunden.

»Schluss jetzt, Heinz! Darf ich Dich und deine Frau zum Mittagessen einladen? Ihr kennt doch sicherlich ein nettes Gasthaus in der Umgebung?«

Beide nickten einträchtig.

*

Wie bedankt man sich bei einem Hund?

Zuerst kaufte er Hundefutter. Möglichst lange haltbar, wer wusste schon, wann ihn das Tier wieder aufsuchen würde? Außerdem gab es da nicht noch sogenannte Leckerlies?

44

Bei dessen nächstem Besuch wollte er vorbereitet sein. Er lud die Einkaufstasche von seinem Fahrrad und schritt zur Haustür.

Sein Blick fiel auf den Briefkasten. Höchst selten, dass er Post bekam. Absender: Elektrizitätswerk-Mittelbaden. Was wollten die von ihm?

Nach dem zweiten Lesen begriff er, was man ihm anbot. In knapp sechshundert Meter Entfernung sollte eine kleine Hütte mit einem Gittermast für Mobilfunk errichtet werden. Dazu musste das E-Werk eine Stromversorgung installieren.

Sie boten ihm an, ihn bei dieser Gelegenheit ans öffentliche Stromnetz mit anzuschließen. Bei einer Eigenbeteiligung von fünftausend Euro.

Und da er neuerdings mehr als notwendig Geld besaß, nahm er das Angebot an. Sein Aufwand im Haus hielt sich in überschaubaren Grenzen.

Eine elektrische Pumpe im Keller mit einem Wasserbehälter unterm Dach, einen Boiler für Warmwasser, groß genug, um zu duschen, und für die Wasserversorgung überm Spülbecken.

Vor allem wollte er sich einen geräumigen Kühlschrank zulegen. Damit erhielt er wirklich kalte Getränke. Die Ziegenmilch hielt sich auch länger.

Ein Elektroinstallateur musste die Hauseinführung sowie die komplette Verkabelung für Lampen und mehrere Steckdosen verlegen. Sicherlich kein Problem.

Den holzbeheizten Herd und Ofen behielt aber bei.

Er war zurückgekehrt in der Zivilisation!

Nicht nur körperlich, sondern auch psychisch. Die Schatten der Vergangenheit verblassten! Sein Leben begann von Neuem.

*

In tiefes Nachdenken versunken, den neben ihm liegende Hund streichelnd, saß er vor dem Haus. Wie sollte es weitergehen? Einerseits wollte er in den Beruf zurück, aber keinesfalls mehr in einem Krankenhaus arbeiten.

Soweit er wusste, gab es Schulungen zur Ausbildung zum Quereinsteiger als Allgemeinarzt, in seinem Fall zum Landarzt hier in der Gegend.

Ein Anruf bei der Landesärztekammer und er bekam einen Termin zu einem Vorstellungs- und Informationsgespräch in Freiburg.

Die Kommission zeigte sich über die Breite seiner Ausbildung überrascht.

»Eineinhalbjahre innere Medizin, ein Jahr in der Psychiatrie, später Arzt in der Notfallambulanz beziehungsweise auch tätig als Notarzt! Jede Menge zusätzlicher Kurse. In ihrem seltenen Fall sind keine weiteren medizinischen Schulungen nötig! Aber neben den fachlichen Qualifikationen sind auch die unternehmerischen und persönlichen Kompetenzen für den Allgemeinarzt sehr wichtig, sogar zwingend notwendig. Hierzu gehört auch ein halbes bis ein dreiviertel Jahr dauerndes Praktikum in einer Hausarztpraxis. Alles in allem rund ein Jahr. Wären Sie damit einverstanden?«

Er nickte zustimmend.

»Kommen Sie bitte in zwei Wochen wieder vorbei. Dann bekommen Sie die Unterlagen und wir vermitteln Ihnen einen Hausarzt.«

*

Da er zukünftig nur noch selten zuhause sein würde, verschenkte er seine Ziegen an einen Bauern, bei dem bereits mehrere davon im Stall standen.

Am nächsten Tag bestellte er ein Laptop samt Drucker. Was fehlte jetzt noch? Ach ja, ein Auto. Gebraucht? Mal sehen.

Wenn er an den Weg dachte, der zu ihm hoch führte, kam nur ein Allradfahrzeug in Frage. Da die Schulung erst im Frühjahr beginnen sollte, besaß er noch viel Zeit.

Er ließ sich diese Zeit. Viel Zeit!

Kurz vor Winterbeginn entschied er sich: ein Jimny von Suzuki. Neupreis um die fünfzehntausend Euro.

*

Sie liebte den Herbst.

In der Sonne bunt leuchtende Blätter, reife, aromatisch riechende Heilkräuter, die letzten Waldbeeren, Maronen und Nüsse und vor allem eine Unmenge köstlichster Pilze!

Wohin auch immer sie unterwegs war, trug sie einen großen Korb mit sich. Auf dem Heimweg meist randvoll. Zuviel für sie allein.

Ihre Bekannten freuten sich.

Wenn das Wetter es zuließ, ging sie jeden Mittwochnachmittag in den Schwarzwald. Die Apotheke schloss in dieser Zeit. Sie genoss die Ruhe und den Frieden. Selten, dass ihr jemand begegnete. Am Wochenende fand sie keine Zeit zum Wandern. Samstags war der Tag zum Einkaufen, Wäsche waschen, trocknen und bügeln sowie die Wohnung putzen. Wenn sie nicht gerade bei ihrem Vater war, nutzte sie den Sonntag zum Ausruhen. Schick essen gehen mit einem Freund? Sie hatte keinen. Von den hiesigen Dorfdeppen hielt sie nicht viel. Nach einigen trüben Erfahrungen mit Partnervermittlungen mit ›Niveau‹ gab sie die Suche auf. Eines Tages, hoffte sie wenigstens, würde ihr Traummann vor ihr stehen!

Aber jetzt ging erst einmal in den Wald, Pilze sammeln!

In der letzten Nacht regnete es ein wenig, sodass sie mit einer reichen Ausbeute rechnete.

Ihr Korb wog immer mehr. Wie sie wusste, lag vor ihr ein relativ steiler Hang. Aufgrund dessen suchte dort kaum einer. Deshalb wuchsen dort ungestört viele große Pilze.

Vorsichtig begab sie sich dorthin.

Ziemlich rutschig, viel nasses Laub, weit und breit nichts, um sich richtig festzuhalten. Die winzigen Bäumchen durfte sie vergessen. Ob sie es lieber lassen sollte? Aber der Anblick mehrerer Steinpilze war zu verlockend. Gerade bückte sie sich nach dem vierten Pilz, als sie das Gleichgewicht verlor und abrutschte. Da sie weiterhin krampfhaft den schweren Korb festhielt, konnte sie sich nicht am kleinsten Busch oder Sonstigem kurz festhalten, um den Sturz abzubremsen. Eine tückische, unterm Laub verborgene Wurzel ...

Sie überschlug sich. Mit dem Kopf voran schlug sie auf sie auf.

Als sie zu sich kam, schmerzte ihr linkes Bein höllisch. Ihr Korb, in dem ihr Handy lag, war längst außer Sicht- und Reichweite. Ihre Hilferufe? Keiner schien sie zu hören.

Wirklich niemand?

*

Vor seiner Tür bellte es laut und aufgeregt.

Kaum dass er aufmachte, drängte sich der schwarze Hund herein, rannte zu einem Schrank und blieb jaulend davor sitzen.

Was wollte dieser? Ratlos öffnete er und das Tier schnappte nach dem Griff einer dunkelbraunen Tasche und zerrte sie heraus. Seine alte Arzttasche!

Der Hund rannte vor die Tür und bellte auffordernd.

Schnell schnallte er die Tragetasche hinten auf sein Rad und folgte dem ungeduldig vorauseilenden Tier.

Nach rund einer halben Stunde kamen sie an. Bellend saß der Hund auf dem Weg, den Hang hochblickend. Zu schräg, um hochzuklettern, zehn Meter weiter flachte der Hang ein wenig ab. Vorsichtig, der Hang war immer noch ziemlich steil und glitschig, kletterte er nach oben. Zwischen zwei Bäumchen ein- geklemmt, lag eine schmerzerfüllt stöhnende, junge Frau. Altersmäßig Anfang der dreißig.

Außer einer Spritze, welche allgemein gegen Schmerzen half, konnte er im Moment wenig für sie tun.

Vorsichtshalber legte er einen Verband an, der den Fuß ruhig stellte. Zwei stark blutende Schürfwunden versorgte er ebenfalls.

Danach griff er zum Handy:

»Hallo Heinz! Hier im Wald ist eine Frau einen Abhang herunter gestürzt. Könnt ihr mich anpeilen? Ja, gut. Ein Fuß- oder Beinbruch. So genau kann ich es nicht beurteilen. Ich will sie keinesfalls bewegen. Kopfverletzungen, Aufschürfungen, viele Prellungen und ein Schlag auf den Kopf. Vermutlich eine Gehirnerschütterung. Achtung: Der Steilhang ist sehr rutschig! Schwierig zu bergen. Unbedingt einen Arzt mit Krankenwagen mitbringen! Hast Du alles? Ja? Wann könnt ihr hier sein? In vierzig Minuten? Gut, ich warte!

Zudem verabreiche ich ihr noch ein kreislaufstabilisierendes Mittel.«

Er wandte sich der Verunglückten zu und maß den Blutdruck. Alles im grünen Bereich. Zufrieden packte er seine Sachen zurück in die Tasche.

Dabei bemerkte er, dass sie halbwegs wach war und ihn beobachtete.

»Guten Tag!« Er lächelte ihr beruhigend zu. »Machen Sie sich keine Sorgen. Alles wird wieder gut. Da unten kommt bereits professionelle Hilfe mit einer Trage und einem Arzt. Hören Sie! Man kann bereits den Lärm der Motoren vernehmen.«

Tatsächlich! Der Mann, der ihr geholfen hatte, stieg rufend und winkend tiefer. Zwei Männer kletterten mit Seilen an ihr vorbei und schlugen zwei Metallstäbe in den Boden. Während sie sich noch wunderte, kamen andere mit einer Trage. Diese wurde an die jetzt von oben kommenden Seile gebunden. Die beiden Bäumchen, zwischen den sie feststeckte, wurden vorsichtig abgesägt und sie behutsam auf die Trage gelegt und festgeschnallt. Keine fünf Minuten später lag sie im Krankenwagen. Dort erhielt sie eine umfassende ärztliche Versorgung. Die Schürfwunden wurden gereinigt und verbunden.

Und Achim? Der nutzte die Gunst der Stunde und verschwand unauffällig.

Zuhause angekommen lachte er laut auf. Der schwarze Hund saß schweifwedelnd vor seiner Tür. Neben ihm stand ein Korb mit Pilzen und einem Handy darin.

Zuerst streichelte und kraulte er das Tier ausgiebig.

„Komm herein. Du hast dein Essen und Trinken mehr als verdient!" Einträchtig gingen sie ins Haus.

Nachdem der Hund hungrig gefressen und durstig die Milch geschlappert hatte, legte der sich auf seine Decke und schlief ein. Achim griff zum Handy, Heinz erneut anrufend.

»Hallo Heinz! Die Frau von vorhin ist eine Pilzsammlerin. Der schwarze Hund, Du kennst ihn ja, hat mich zu der Frau geführt. Jetzt hat er ihren schweren Korb mit den Pilzen samt ihrem Handy herbeigeschafft. Hole bitte die Sachen bei mir ab und sage, Du hättest sie gefunden! Keinesfalls mich erwähnen!«

*

Christine saß geknickt auf ihrer Liege. Vor acht Tagen wurde sie mit einem Gehgips aus dem Krankenhaus entlassen.

Seitdem suchte sie nach dem Mann, welcher sie fand. Doch niemand schien ihn zu kennen. Dabei wusste sie genau, dass er beim Handyanruf einen ihrer Retter beim Namen genannt hatte. Leider vergaß sie diesen. Aber in ihrem damaligen Zustand ...

Egal, früher oder später würde sie ihn finden. Zumal er eine Arzttasche mit sich führte. So viele Ärzte gab es nicht in der Umgebung. Sie nacheinander alle aufsuchen war angesagt.

Warum eigentlich? Sie wusste es selbst nicht, einfach nur so.

*

Arno, von einer Feier in Kniebis-Dorf kommend, trank mal wieder. Zu viel, um noch fahren zu können.

Natürlich sah er das nicht so. Nur ein wenig angeheitert, dennoch voll fahrfähig!

Mit quietschenden Reifen bog er in die B 28 ein, Richtung Peterstal. Kurz vor der Einmündung der B 500 überlegte er.

Die vielbefahrene Steige nach Peterstal hinunter, andauernd entgegenkommende Lastwagen? Oder besser die nachts kaum befahrene Abkürzung über die Zuflucht nach Oppenau. Allerdings steil, kurvenreich und stellenweise recht eng. Er entschied sich, den kürzeren Weg zu nehmen. Schnell merkte er, dass es keine vernünftige Entscheidung war. Ein paarmal kam er weit nach links ab. Zwar nahm er das Gas ein wenig zurück, aber er spürte selbst, wie unsicher er fuhr.

Plötzlich kamen ihm Scheinwerfer entgegen, gerade als er wegen der schmalen Straße mittig fuhr.

In seinem Zustand reagierte er viel zu spät. Gleich würde es heftig krachen. Das entgegenkommende Fahrzeug wich plötzlich nach rechts aus. Zu weit und kam von der Fahrbahn ab, dabei die Leitplanke durchbrechend. Dort ging es steil abwärts.

Schlagartig war Arno fast nüchtern. Sein Herz raste, seine Gedanken überschlugen sich. Bei nächster Gelegenheit wendete er und fuhr, dieses Mal wesentlich langsamer, zurück zur Kniebishöhe. Eventuell aus Oppenau hochkommenden Polizei- und Rettungswagen wollte er keinesfalls begegnen. Er glaubte nicht, dass jemand den Unfall beobachtet und gemeldet hatte, aber sicher war sicher! In Kniebis bog er von der B 28 ab und nahm die L 96 nach Bad Rippoldsau. Dort parkte er sein Auto ab und stellte den Sitz nach hinten. Er versuchte, ein paar Stunden zu schlafen. Falls ihn die Polizei ansprechen sollte, dann würde er ehrlich erzählen, dass er in Kniebis-Dorf etwas getrunken hatte und unterwegs bemerkte, dass er nicht ganz sicher fuhr und deshalb eine Ruhepause einlegte.

Als er leicht verkatert aufwachte, war es bereits hell. Nicht einer hatte von ihm Notiz genommen. Erleichtert fuhr er los, über Wolfach nach Hause. Nach vierzehn Tagen hatte er sich beruhigt. Niemand brachte ihn mit dem Unfall in Verbindung.

Keiner hatte etwas gesehen, außer einem schwarzen Hund mit glühenden Augen. Und wenn schon.

Was machte das aus? Nichts!

*

Neunzehn Jahre alt, Fahranfänger. Er wusste genau, dass für ihn die Nullpromillegrenze galt. Aber seine Freundin in Oppenau feierte heute ihren achtzehnten Geburtstag.

Und ein Gläschen Wein war so gut wie nichts. Und noch eines.

Danach fühlte er sich richtig gut! Die Steige zur Zuflucht hoch? Fuhr er doch mit Links. Oben, die Straße nach Freudenstadt war breit ausgebaut, leicht zu fahren.

Anfangs ging alles gut, bis ein Auto auf ihn zuschoss. In Panik riss er das Steuer nach rechts, krachte durch die Leitplanke. Sich mehrfach überschlagend, mit Bäumen kollidierend, kam das Wrack in einer Schonung zum Stehen, wie durch ein Wunder auf dem, was einmal Räder waren. Bewusstlos hing er im Sicherheitsgurt.

Traurig beobachtet von einem schwarzen Hund. Als Alex zu sich kam, verspürte er starke Schmerzen. Ein Bein war eingeklemmt, sein linker Unterarm gebrochen. Mühevoll gelang es ihm, sein Handy zu erreichen und einen Notruf abzusetzen.

»Auf der Steige zur Zuflucht! Leitplanke durchbrochen ... abgestürzt ... Hilfe!«

*

Sofort brach ein Polizeiwagen auf, gefolgt von der Bergwacht. Die beschädigte Leitplanke war schnell gefunden. Die Bäume standen hier relativ weit auseinander. Wie man von der Straße aus sah, kreuzte weiter unten ein Holzabfuhrweg die Spur, welche das Auto hinterlassen hatte. Drei Männer seilten sich ab zur Unglücksstelle, während der vierte mit der Leitstelle Kontakt aufnahm und das Rettungsfahrzeug auf den unteren Waldweg dirigierte. Zwanzig Minuten später war Alex geborgen und unterwegs ins Krankenhaus. Einigermaßen schmerzfrei.

Er dachte nach.

Sobald sie den Alkohol in seinem Blut fanden, war er den Führerschein auf viele Jahre los. Aber da er sowieso kein Auto mehr besaß ...

Die Entfernung von Freudenstadt nach Oppenau? Ohne eigenes Fahrzeug viel zu weit! Die Freundin war er wohl los. Wenn er andererseits bedachte, dass sie ihn zum Trinken animierte, wo sie doch genau wusste, dass er nüchtern bleiben musste, betraf sie eine Mitschuld, die sie sich zurechnen lassen musste. Auf so ein Mädchen konnte er leicht verzichten!

*

Der Unterricht und die Seminare in Freiburg? Ein Klacks! Kein Vergleich zu seinem früheren Studium.

Da es pro Woche nur wenige Lehr- und Seminarblöcke gab, ließ er sich in der medizinischen Fakultät als Gasthörer eintragen und belegte mehrere Auffrischungskurse. Nur Theorie, keine praktischen Übungen.

Samstag und Sonntag waren frei. Der verfressene schwarze Hund dankte es ihm. Außerdem kümmerte er sich um seinen Kräutergarten.

Natürlich fragte Heinz, was er so die Woche über trieb.

»Weißt Du, durch einen schweren Schicksalsschlag beendete ich meine Ausbildung nicht vollständig. Ich gehe wieder zur Schule und will den Abschluss nachholen. Das kostet mich einige Zeit, vielleicht ein Jahr, aber es lohnt sich. Aber jetzt bitte keine weiteren Fragen und wie gehabt, zu niemandem etwas sagen! Zum Lernen brauche ich Ruhe, vor allem ohne Störungen! Danke!«

*

Ihr Vater hatte sie ermuntert, die Suche nach ihrem Retter nochmal aufzunehmen. Aber systematisch!

Zuerst rief er bei der zentralen Annahme für medizinische Notfälle an. Da er dort als Arzt bekannt war, bekam er die gewünschte Auskunft.

„Ein Förster, Vorname Heinz, der Rest ist unleserlich, hat den Notfall gemeldet." Er bedankte sich.

Jetzt war Christine am Zug. Ein Anruf beim Forstamt genügte. Man bat sie, persönlich vorbei zu kommen.

Sie war derart aufgeregt, dass ihr Vater sie fuhr.

Eine halbe Stunde später saß sie einem älteren, ernst dreinblickende Mann gegenüber.

»Womit kann ich Ihnen helfen?«

Sie stellte sich vor und erzählte, weshalb sie hier war.

»Ja, ich kenne den Mann, der Sie fand! Aber ich versprach ihm, seinen Namen unter keinem Umstand zu nennen! Nicht bevor er eine bestimmte Aufgabe abgeschlossen hat. In rund zehn Monaten sieht die Sache anders aus. Wenn Sie dann noch möchten, werde ich Ihnen gerne weiterhelfen! Vorher keinesfalls.«

Alles Bitten und betteln half nichts. Der Förster sah sie kopfschüttelnd an.

»Er half Ihnen, weshalb wollen Sie ihm dann schaden?«

*

»»Dr. med. Joachim Meyer, Arzt für
Allgemeinmedizin, alle Kassen ««

Er hatte es geschafft!

Das halbe Praxisjahr war erfolgreich bestanden.

Sie hatten es ihm leicht gemacht. Ein Ärztepaar mit zwei Arzthelferinnen in einer schwäbischen Kleinstadt nahmen ihn freundlich auf.

Die Woche über mietete er sich in einem kleinen Gasthaus ein, die Wochenenden hatte er meist frei.

Mit dem ihn betreuenden Arzt kam er bestens aus und lernte sehr viel. Aber er sah auch die Schattenseiten des Berufes. Eine ausufernde Bürokratie machte den Ärzten das Leben schwer. Jede sogenannte ›Verbesserung‹ kostete noch mehr Zeit und Nerven.

Immer öfter fragte er sich, ob es eine gute Idee war? Wahrscheinlich doch. Er wollte unbedingt wieder arbeiten, doch keinesfalls in der Tretmühle eines Krankenhauses.

Und zuvor noch ausgiebig Urlaub machen, vorübergehend sein altes Leben erneut aufnehmen. Was den Hund sehr zu freuen schien.

*

Nach ein paar Tagen kam Heinz vorbei.

Sofort setzten sie sich zu einem Glas Wein zusammen.

»Jetzt kann ich Dir alles erzählen. Von der Ausbildung her bin ich Arzt in einem Krankenhaus. Dabei habe ich mehrere Stationen durchlaufen. Je ein Jahr in der inneren Medizin, in der Psychiatrie, Gynäkologie und so weiter. Zum Schluss landete ich in der Notfallambulanz als Notarzt. Dann verunglückten meine Frau und mein Kind tödlich!« Er legte eine kurze Pause ein.

»Von diesem Moment an konnte ich nicht mehr arbeiten. Die Ruhe hier im Schwarzwald tat mir gut, aber jetzt wollte ich wieder als Arzt tätig sein, jedoch nicht mehr in einem Krankenhaus. Durch verschiedene Kurse und Lehrgänge sowie einer sechsmonatigen Tätigkeit in einer Hausarztpraxis, wurde ich als Quereinsteiger zum Allgemeinarzt. Vorstellbar für mich ist, hier in der Umgebung, mich als Landarzt niederzulassen. Am besten zusammen mit einem älteren Arzt, um dann in einigen Jahren dessen Nachfolge anzutreten!«

Minutenlang tranken und vesperten sie schweigend.

»Wenn es Dir nichts ausmacht, höre ich mich in der Nachbarschaft mal um, einverstanden?«

»Aber ja, danke Heinz!«

Zum Glück konnte er dessen Gedanken nicht lesen.

›Vielleicht kann ich ein wenig Schicksal spielen!‹

*

Am Samstagvormittag holte ihn Heinz zum Flößerfest nach Wolfach ab. Zwar wollte er von sich aus dorthin, aber mit netten Freundin und Bekannten war es allemal besser als allein.

Marianne, seine Frau, war mit ein paar Freundinnen vorausgefahren.

Mehrere Kollegen von Heinz, zwei oder drei waren von der Bergwacht, begrüßten sie mit lautem Hallo und luden sie an ihren Tisch ein. Achim lief erst einmal die Innenstadt ab. Wirklich, sehr interessant.

Als er gegen Mittag zurückkam, saßen Heinz nebst Frau an einem kleineren Tisch und aßen Fleischkäse mit Kartoffelsalat. Das Wasser lief ihm im Mund zusammen. Sie hatten den Salat in einer großen Schüssel dabei und noch viele Scheiben Fleisch, unter anderem auch Schnitzel Wiener Art.

Während Marianne im auftischte, kam ein Mittfünfziger heran.

»Oh, guten Tag Herr Doktor. Sind Sie heute alleine hier?«

»Nein, nein, meine Tochter läuft hier auch irgendwo herum!« Heinz stellte in vor:

»Ein guter Freund von mir, Joachim Meyer. Dies ist Doktor Helmut Müller, Hausarzt mit eigener Praxis ganz in der Nähe!«

Oha! Jetzt hieß es vorsichtig zu sein.

»Schau an, da kommt ja Christine!«

Er sah hoch und erschrak: Die Pilzsammlerin!

Ihr Vater winkte sie auf einen Stuhl. Dann erkannte sie ihn.

Totenblass flüsterte sie: »Sie! Sie fanden und retteten mich und leisteten erste Hilfe. Mit einen Arztkoffer!«

Er nickte. Die Sache mit dem schwarzen Hund zu erzählen, schien ihm sinnlos. Sie würde es doch nicht glauben!

»Wer sind Sie?«

Heinz fand, dass an der Zeit war, endlich reinen Tisch zu machen.

»Er ist Dr. Joachim Meyer, ehemaliger Notarzt in einem Krankenhaus in Norddeutschland. Danach vier

Jahre Auszeit im Schwarzwald! Im letzten Jahr absolvierte er eine Ausbildung für Quereinsteiger zum praktischen Arzt. Jetzt sucht er, allerdings nicht gerade dringend, eine für ihn geeignete Landarztpraxis, nicht wahr, Achim?«

Totenstille!

Christine wie auch ihr Vater, sahen ihn stumm an.

»Deine ungeschickte ›Pilzsammlerin‹ ist Frau Dr. Müller, Leiterin der hiesigen Apotheke! Alles klar jetzt?«

Nun sah Achim dumm aus der Wäsche. Heinz rettete die Situation.

»Wir wollen gerade essen. Darf ich Sie dazu einladen?«

Er durfte. Von ihren Papptellerchen essend, kam langsam eine entspannte Gesprächsrunde auf.

Als sie satt waren, meinte Dr. Müller: »Ich denke, wir sollten Christine und Herrn Dr. Meyer erst einmal allein lassen.« Ein Blick auf die Uhr.

»Einige Bekannte, mit denen ich verabredet bin, warten sicherlich schon ungeduldig auf mich. Wenn Sie alle gegen siebzehn Uhr wieder hier sind, lade ich Sie in Schiltach in ein gutes Restaurant zum Abendessen ein!«

Er stand auf, genau wie Marianne und Heinz.

Im nächsten Moment saß Christine neben ihm, ihn weinend umarmend. Langsam beruhigte sie sich. Behutsam hob er ihren Kopf an und hauchte einen zarten Kuss auf ihre schöngeschwungenen, tränennassen Lippen. Glücklich schmiegte sie sich an ihn.

Anschließend, sich zwischendurch immer wieder küssend, schlenderten sie engumschlossen über den Markt.

An den Schießbuden schoß er laufend daneben, bei den Losen hieß es stets: ›Leider kein Gewinn‹. Es störte sie nicht. Pünktlich trafen sie sich wieder, Dr. Müller nannte das Hotel. Heinz kannte es. In Biberach.

Es wurde noch ein sehr netter Abend. Gleich zu Anfang beschlossen sie, sich zu duzen.

Als Helmut für Morgen, Sonntag, sie zu einem erneuten Mittagessen einladen wollte, lehnten Marianne und Heinz ab. Sie hatten schon etwas vor.

Christine verlangte, dass sie jetzt mit zu Achim fahren durfte. Sie war überhaupt nicht neugierig, nur ganz wenig, nur etwas ...

Mitnahme? Kein Problem!

*

Christine war begeistert! Was für eine niedliche, gemütliche Wohnung in einem Holzhäuschen. Ein winziges Schlafzimmerchen mit einem Bett, welches groß genug für zwei war. Übermüdet wie sie war, legte sie sich hinein und war gleich darauf tief eingeschlafen.

Am nächsten Morgen wachte sie auf, weil sie mal dringend musste. Außerdem duftete es verlockend nach Frühstück. Als sie den Kopf aus dem Zimmerchen streckte, deutet Achim auf das gewisse Örtchen.

Bauernbrot mit Butter, Honig und/oder Marmelade. Dazu ein frisch aufgebrühter Kaffee.

Beklommen setzte sie sich an den Tisch, nur eine Frage beschäftigte sie: Hatten sie in der letzten Nacht oder nicht?

Dann bemerkte sie den zusammengeknüllten Schlafsack in einer Ecke. Erleichtert atmete sie auf.

Achim deckte den Frühstückstisch, indessen sich Christine umsah. Gestern Abend war sie zu müde, als dass sie noch viel erkennen konnte.

Sie waren sich in einer großen Wohnküche, welche die gesamte Breite des Hauses einnahm. Eine Eckbank, ein schwerer Holztisch mit vier Stühlen, einer am Kopfende.

Ein Kachelofen und ein, wie es schien, mit Holz beheizter Herd. Eine Spüle, und ein Kühlschrank. Achim bemerkte: »Eine Dusche mit Toilette gibt es auch.«

Fein, da konnte sie sich nachher noch frisch machen. Ihr Blick fiel auf eine Decke vor dem Ofen.

»Du hast einen Hund?«

»Ja und nein! Er lief mir zu und wir wurden gute Freunde. Er war es, der dich fand und mich holte. Als Du versorgt wurdest, saß er bereits mit deinem Pilzkörbchen und dem Handy vor meiner Tür. Nur Heinz kennt ihn. Seit ein paar Tagen kommt er nicht mehr. Wahrscheinlich hat ein übereifriger Jäger ihn als Streuner eingestuft und ihn gerötet.«

Traurig sah Achim vor sich hin.

Tröstend strich Christine ihm übers Haar.

»Schon gut! Mache dich jetzt fertig. Nachher gehen wir rund ums Haus.«

Zusammen setzten sie sich aneinandergeschmiegt auf die Bank an dem Weiher und sahen den Molchen zu.

Plötzlich blickte sie erschrocken auf ihre Uhr und griff zum Handy.

»Ich rufe schnell ein Taxi, das ...«

»Nicht nötig, wir nehmen mein Auto. Es steht hinter dem Haus!«

*

Ein kleines Lokal, unterhalb der Passhöhe Kniebis, Richtung Schapbach..

Finster vor sich hinstarrend, saß Arno vor einem großen Bierglas. Nicht sein Erstes!

Er war sauer. Heute, auf dem Flösserfest in Wolfach sah er, wie die hochnäsige Apothekerin einen jüngeren

Mann küsste. Ihn hatte sie verschmäht, vor vielen Zeugen eiskalt abblitzen lassen.

Das schrie geradezu nach Rache!

Arno lernte es nicht. Betrunken wie er war, bestand er hartnäckig darauf, selbst zu fahren. Den Wirt, der ihm die Autoschlüssel abnehmen wollte, schlug er nieder. Dieser stürzte schwer, krachte mit dem Kopf auf den Boden und blieb ein paar Minuten lang benommen liegen.

Arno konnte zwar nicht mehr sicher laufen, aber wozu hatte er bequeme Sitze im Auto? Mit durchdrehenden Reifen fuhr er los, jagte die Steigung bergab.

Der Wirt kam taumelnd hoch, griff zum Telefon.

»Polizei? Soeben rast ein betrunkener Gast in Richtung Schapbach die Steige hinunter!«

*

Sofort fuhren sie los. Zu spät!

Der hinter ihnen fahrende Krankenwagen konnte den Schwerverletzten zwar bergen, aber den Rest seines Lebens würde er im Rollstuhl verbringen.

Niemand sah den schwarzen Hund, der alles genau beobachtete. Langsam hüllte ein grauer Nebel ihn ein.

Keiner sah ihn jemals wieder!

*

Alle Achtung!

Dr. Müllers Praxisräume lagen im Erdgeschoss eines zweigeschossigen Neubaus. Darüber wohnte er mit seiner Tochter. Allerdings getrennt. Christine erzählte es ihm, während er langsam vorbei in Richtung Gasthaus fuhr. Auch dass sich hinter dem Haus eine große Wiese befand.

Eine Bedienung zeigte auf ein Nebenzimmer. Nach ihrem Eintritt erhob Helmut sich und begrüßte sie herzlich. Anschließend, nach dem Essen, sah Helmut ihn ernst an.

»Wie ich gestern hörte, suchst du eine Anstellung als Arzt. Ich meinerseits brauche auf Dauer einen Nachfolger. Wenn du einschlägst, ist uns beiden geholfen, zudem da noch die Stelle eines Schwiegersohnes zu besetzen ist.«

Christine umarmte ihn stürmisch.

»Nimm an! Bitte, bitte nimm an!«

Achim nahm sie in die Arme und gab ihr einen Kuss. Dann sagte er laut und deutlich: »Ja!«

*

In einer anderen Dimension wedelte der schwarze Hund hocherfreut mit dem Schwanz!

Die Weiße Frau

Das Wetter war einfach herrlich!

Zweiunddreißig Grad, windstill und nicht bewölkt, gerade richtig, um ins Freibad nach Emmendingen zu gehen!

Auf weichen Decken lagen Sarah und Susanne, kurz Susi, genannt, im Halbschatten unter einem Baum.

Von hier aus konnten sie die fünf Meter hohe Sprungplattform gut im Auge behalten. Sie liebten es, den Männern beim Springen zusehen, vor allem beim Eintauchen ins Wasser.

Eigentlich gab es nur zwei Sprungstile: Wirklich gute Springer, die mit weit ausgebreiteten Armen absprangen, diese dann nach vorne streckten, um elegant mit dem Kopf voran einzutauchen. Äußerst langweilig!

Interessanter waren die Typen Nummer zwei. Man erkannte sie bereits beim Hochsteigen auf die Plattform. Je höher sie kamen, desto langsamer wurden sie. Genau die Angeber, welche so langsam die Hosen voll hatten.

Eigentlich wollte von denen keiner springen. Aber vor seiner Freundin oder seinen Kumpels hatte der mächtig auf den Putz gehauen:

»Na und? Was ist da dran? Kann doch jeder!«

Natürlich wurde er sofort beim Wort genommen, konnte sich nicht mehr herausreden. Also musste er notgedrungen auf den Turm. Je hoher er kam, desto mehr wurde ihm bewusst, dass er besser seine Klappe gehalten hätte. Vorne auf der Sprungkante, aus einer Augenhöhe von sechseinhalb Metern, sah die Wasserfläche sehr klein aus. Und tief unter ihm liegend. Manche versuchten es immerhin mit einem Hechtsprung, andere ließen sich einfach fallen.

Das Ergebnis war, dass er mit dem Bauch oder dem Rücken aufklatschte. Aber immerhin war er gesprungen! Ein brennendes rotes Fell war leichter zu ertragen, als den Spott über einen Rückzug.

Susanne und Sarah wetteten jedes Mal darauf, mit was für einem Körperteil so einer zuerst aufschlagen würde.

Ein junger Mann, etwa achtundzwanzig Jahre alt, schritt gelassen zu Plattform. Oben angekommen ging vor zur Sprungkante. Und blieb gut dreißig Sekunden lang stehen. Mann, musste der die Hosen voll haben. Dann drehte er sich um und stieg ruhig wieder herunter.

Sarah war voll aus dem Häuschen! Der Erste, der wieder umgekehrt war! Schnell eilte sie ihm nach und sprach ihn an:

»Bitte, darf ich Sie am Kiosk zu einer Tasse Kaffee einladen, bitte!«

*

Erich sah sie verwundert an. Eine junge Frau, Ende der Zwanzig, hatte ihn angesprochen.

Sehr schön, schlank, einmeterachtzig groß, kastanienbraunes Haar mit einem rötlichen Schimmer. Nein, die kannte er nicht, sonst wäre sie ihm schon aufgefallen.

Noch während er nachdachte, wiederholte die Frau geduldig:

»Wenn Sie etwas Zeit haben, möchte ich mit Ihnen etwas besprechen. Bei einer Tasse Kaffee spricht es sich leichter!«

Ja, da hatte sie recht, also nickte er zustimmend. Woraufhin die Frau zum Kiosk ging und an einem der wenigen freien Tische am Rande der abgegrenzten Fläche stehen blieb und ihn fragend anschaute.

Wiederum nickte er bejahend. Die Bedienung trat heran.

»Hallo, Erich was darf es sein?«

»Zwei Tassen Kaffee, bitte.« Und an sein gegenüber gewandt. »Möchten Sie auch etwas essen? Sie sind mein Gast.«

Sarahs Magen hatte hörbar geknurrt.

»Wenn Sie haben, bitte ein Salamibrötchen!«

»Bringen Sie bitte zwei!«, schloss sich Eric an.

»Ich heiß Eric. Darf ich ihren Namen erfahren?«

»Sarah, Sarah Weber!«

»Ein schöner Name. Und was wollten Sie mit mir besprechen?«

Sie zögerte einen Moment, dann gab sie sich einen Ruck. Sie hatte beruflich viel mit jungen Männern zu tun, so groß konnte der Unterschied zu dem Mann sicherlich nicht sein. Mit ruhiger, fester Stimme:

»Meine Freundin und ich haben Sie auf dem Fünfmeterturm beobachtet. Sie sind der Erste, welcher umgekehrt ist. Warum?«

Eric lächelte. Schau an, eine Hobby-Psychologin.

»Weil ich nicht nass werden wollte!«, antwortete er trocken.

Einen Moment lang sah sie verblüfft drein.

»Sie können es ruhig sagen. Sie bekamen es mit der Angst zu tun. Viele springen trotzdem, um ja nicht als Feigling dazustehen. Wir bewundern ihren Mut, dass Sie vor aller Augen zeigten, dass man nichts mit Gewalt durchsetzen muss. Dass man seine Angst ruhig zeigen darf!«

Ja hatte die noch alle?

Schweigend aßen sie ihre Brötchen zum Kaffee. Die junge Frau aufklären oder nicht. Besser nicht. Immerhin meinte sie es gut mit ihm und sie gefiel ihm. Also beschloss er, auf die kleine Komödie einzugehen.

Sein Handy klingelte. Er nahm es ans Ohr.

»Ja? Dringend? Gut, ich komme!«

»Tut mir leid, aber ich muss weg!« Schnell reichte er der Bedienung fünfzehn Euro und eilte davon. Verblüfft sah Sarah hinter ihm her.

Sie wandte sich an die Bedienung:

»Kennen Sie Erich näher?«

»Aber ja. Er arbeitet jedes Jahr als Aushilfsbademeister bei uns!«

Sarah sah drein wie eine Kuh, wenn es donnert. In was hatten Susanne und sie sich verrannt? Von wegen Angst. Was mochte der Mann jetzt wohl von ihr denken? Durchgeknallte Tussi und so? Sie wollte sich umgehend bei ihm entschuldigen, aber er blieb unauffindbar.

*

Bademeister war seit gestern für dieses Jahr Vergangenheit. Da nichts gegen einen Besuch auf der Hochburg sprach, fuhr er mit dem Fahrrad hoch. Ein lang ansteigender Weg, jedoch nicht allzu steil.

Fein, seine Lieblingsbank im Schatten einer hochragenden Mauer war noch frei, genau richtig zum Nachdenken!

In letzte Zeit war er mit seinem Leben nicht mehr zufrieden. Irgendwie vermisste er eine Perspektive, wie es in den nächsten Jahren weitergehen sollte. Dabei lief alles genau nach Plan.

Leider erschien ihm Frau nicht und auch sonst hatte er keinen Erfolg. Trotzdem! Da ihm das Lernen leicht fiel, war er mit Hausaufgaben und so nicht überfordert, sodass ihm genügend Zeit blieb, ›seine Burg‹ zu besuchen. Was ihm alsbald den Spitznamen ›Hochburg-Erich‹ einbrachte. Es störte ihn nicht.

Als es auf das Abitur zuging, hatte er keine Zeit mehr. Studieren? Ja! Aber was? Dann fand er eine Lösung: Gymnasiallehrer! Nach der Zeit als Referendar war der Verdienst nicht gerade üppig, jeder Ingenieur bekam mehr. Aber nach einigen Dienstjahren konnte man sich auf Stellen im Höheren- oder gar gehobenen Dienst bewerben. Bereits drei Jahre unterrichtete schon an einem Gymnasium. In dieser Zeit erstellte er viele Unterlagen, die er Jahr für Jahr wiederverwenden konnte. Von kleinen Aktualisierungen abgesehen. Aber hatte er das Gefühl, das ihn die Hochburg noch immer rief.

Was nichts anderes hieß, sich des Problems logisch, soweit Sagen das zuließen, anzugehen.

*

Erich hatte mehrere topographische Karten vor sich liegen.
Verborgene unterirdische Wege? Humbug!
Gar angebliche Geheimgänge zwischen zwei Burgen von denen laufend erzählt wird?
Unsinn!
Zwanzig oder mehr Kilometer weit graben? In der damaligen Zeit allein aus technischen Gründen unmöglich.
Einzig schmale Stollen durch Erde und Löß, seltener durch Fels, gegraben, machten als Fluchttunnel einen Sinn. Wenn sie nur weit genug von der Burg wegführten!

Wenn nicht, lief man dem Feind direkt in die Arme!

Falls es diese tatsächlich gab, konnten es wohl nicht allzu viele sein.

Dieses Thema konnte er voll vergessen! Schade! Nichts mit romantischer Flucht.

Ihn interessierten vor allem die beiden großen Burgen in seiner Nähe, nämlich die Ruine Landeck und die Hochburg.

Wozu das Internet doch gut war. Von der Ruine Landeck gab es unter: ›berner-vom-zabergaeu Landeck‹ Folgendes zu lesen:

Wie von fast jeder Burgruine erzählt man sich auch von der Burgruine Landeck die verschiedensten Sagen.

Eine davon handelt von einem wunderschönen Ritterfräulein, das Mitte des 16. Jahrhunderts auf Landeck gelebt haben soll:

Brigitte von Landeck war Ritter Ehrenfried von Sponeck versprochen, der seine schöne Braut von seinen Edelknaben zur Hochzeit abholen ließ. Brigittes Mutter, eine wohltätige Frau, ließ einen ganzen Wagen mit duftenden Broten und anderen Gaben füllen, die während der Fahrt an die Armen verteilt werden sollten. Der geizigen und stolzen Tochter war dies gar nicht recht. »Man soll die faulen Leute nicht so sehr verwöhnen«, sagte sie. »Aber Kind«, antwortete ihre Mutter, »sei nicht so hart gesinnt. Es ist doch besser, die Untertanen lieben ihre Herrschaft, als dass sie ihr Böses wünschen oder sie gar verfluchen. Deine strenge, oft ungerechte Denkungsart musst du jetzt ablegen, denn dein künftiger Gemahl und Gebieter wird dies nicht dulden, zumal er ein gar mildes Herz haben soll.« »Wie Mutter, soll sich mein Gemahl nicht nach mir richten?«, ereiferte sich Brigitte. »Er wird bald begriffen haben; denn ich will ihn streng in die

Schule nehmen! Und ist er nicht binnen eines Jahres Meister in der Kunst, seinen Willen dem seines Weibes unterzuordnen, so werde ich ihn verlassen und zu dir zurückkommen!« Mit diesen Worten kletterte sie auf ihren Wagen und zog Richtung Sponeck. Leider regnete es an diesem Tag in Strömen und der Zug kam nur langsam vorwärts. Brigittes Ärger wuchs zusehends, und sie befahl, dass an das »Gesindel«, das den Wagen folgte, weder Brot noch Wein ausgeteilt werden dürfe.

Eine Weile später kamen sie zwischen Eichstetten und Bötzingen an einem Brunnen vorbei. Brigitte ließ anhalten und rief ihren Dienern zu, sie sollten den schmutzigen Weg mit Brotlaiben pflastern, damit sie trockenen Fußes zum Brunnen gelangen konnte. »Aber Fräulein, bedenket doch - eine solch schwere Sünde!«, riefen die Lakaien. »Wer wagt es, meine Wünsche nicht erfüllen zu wollen?«, schrie sie zornig. »Ich will andere Zucht unter euch bringen! Schnell, meinen Willen vollführt, sonst wird es euch schlecht ergehen!« Daraufhin taten die Diener wie ihnen geheißen und legten das mitgeführte Brot auf den morastigen Weg. Als die Armen erkannten, wie schändlich die edle Gabe Gottes missbraucht wurde, schrieen sie alle zu Gott, er möge diesen Frevel rächen. Brigitte schritt ungerührt zum Brunnen, beugte sich zweimal hinunter, schöpfte und trank das kühle Wasser aus einem silbernen Becher. Beim dritten Mal wich plötzlich der Boden unter ihren Füßen zurück und die hartherzige Maid stürzte in die Tiefe. In wilder Panik flüchteten die Armen, ohne etwas von den Gaben zu nehmen. Einige Edelknaben hoben die zertretenen Brote auf, kehrten um nach der Burg Landeck und berichteten der Burgherrin von dem schrecklichen Ende ihrer Tochter.

Brigitte aber fand im Grab keine Ruhe. Ihr Geist spukt und rumort seitdem an der Unglücksstelle. Sie erscheint den Vorübergehenden um Mitternacht und auch gegen Mittag und bittet sie kläglich, ihr von dem köstlichen Wasser zu trinken zu geben, da sie fürchterlichen Durst erleide. Oft soll sie auch jämmerlich um Hilfe rufen.

Der Brunnen, der tatsächlich existierte, wurde 1850 zugeschüttet. Der Acker aber, an dem er sich befand, wird von den Einheimischen noch heute der ›Brigitte-Brunnen‹ genannt und ist im Lagerbuch der Markgrafschaft Hochberg von 1567 als ›Braiten-Brunnen‹ aufgeführt.

Er fragte sich, ob er an das erwähnte ›Lagerbuch‹ herankam? Vielleicht gab es dabei weitere Hinweise?

Jetzt galt es erst einmal das Thema Sagen um die Hochburg, zu klären.

Die Ruine Hochburg hingegen erwies sich ebenfalls als Volltreffer!

Interessiert las er unter www.sagen.at

Die Hochburg

Das stattliche Bergschloß Hochberg ist längst im Verfall, und sein unterirdischer Gang auf die Burg Landeck verschüttet. In dem Schlosse geht eine weiße Jungfrau mit einem Bund Schlüssel bei einem verborgenen Schatze um. Wenn der Mond scheint, pflegt sie aus einem Erker zu schauen und manchmal zu singen; auch wandelt sie allnächtlich hinab in das Brettenthal, wäscht sich am Bache und kämmt und zöpft ihre langen Haare. Beim Hinuntergehen ist sie fröhlich; bei dem Rückgang hinauf aber weint sie.

Einem Bauer aus Windenreuthe, der nachts mit einem Sacke Mehl aus der Mühle ging, kam die Jungfrau entgegen und sagte ihm Folgendes. »Gehe mit mir auf die

Hochburg zu dem Schatze, nimm aber davon ja nicht mehr, als du, ohne unterwegs abzustellen, heimtragen kannst. So oft du wiederkömmst, mußt du es so machen, und wenn du endlich all das Geld beisammen hast, dann ist meine Erlösung da. Finde ich sie nicht durch dich, so muß ich ihrer noch lange harren, denn das Holz zu der Wiege des Kindes, das mir wieder helfen kann, ist noch nicht gewachsen.« Ohne Bedenken folgte er ihr in ein Gewölbe des Schlosses, worin auf einer eisernen Kiste ein schwarzer Pudel lag. Auf einen Wink der Jungfrau sprang er herab, der Deckel der Kiste fuhr von selbst auf und ließ das viele Geld sehen, womit sie angefüllt war. Gierig faßte der Mann eine große Summe in seinen ausgeleerten Mehlsack und machte sich damit auf den Heimweg; aber unweit des Dorfes mußte er seine Last, die zu schwer war, absetzen und ausruhen. Da fuhr etwas über ihn hinaus und drückte ihn nieder, daß er die Besinnung verlor, und als er wieder zu sich kam, war Sack und Geld hinweg. Ganz elend kam er nach Hause, erzählte, was ihm begegnet, und starb am dritten Tage.

Das Geld, welches auf der Burg vergraben ist, hebt sich im März aus dem Boden, um sich zu sonnen. Als einst, im erwähnten Monat, mittags zwischen elf und zwölf, ein Mann auf das Schloß kam, sah er dort neun Körbe voll Bohnenschoten an der Sonne stehen. Aus jedem Korb nahm er eine Hand voll in seine Rocksäcke, worin Brodkrümmchen waren. Weil diese die Schoten berührten, konnten, welche Geld waren, nicht mehr entweichen, und daher fand der überraschte Mann zu Hause seine Taschen mit Silbermünzen gefüllt. Unverzüglich eilte er wieder auf die Burg, aber da waren Körbe und Bohnen verschwunden.

Ein Hirtenbube von dem Meierhof unter dem Schlosse kam eines Sonntags auf dieses und gewahrte durch ein

Mauerloch einen großen Saal, der ganz mit rothen Teppichen ausgeschlagen war. Darin saßen an einer Tafel zwölf Männer, deren Kleider von Gold und Silber schimmerten. Vor jedem stand ein goldener Becher, in der Mitte der Tafel eine große, prachtvolle Kanne und um sie her eine Menge Speisen in kostbaren Geschirren. Ohne Zagen ging der Junge hinein und ließ, auf die stillschweigende Einladung der Männer, es sich trefflich schmecken. Nach diesem holten dieselben zwei schwere goldene Kugeln und neun solche Kegel herbei, winkten dem Buben, aufzusetzen, und fingen an zu kegeln. Als sie eine Zeit lang gespielt hatten, gab einer von ihnen, ohne zu sprechen, dem Jungen vier Goldstücke als Lohn, und den Augenblick nachher war der Saal mit Männern, Tafel, Kegelspiel verschwunden, und der Bube vor der Burg im Freien. Eilig begab er sich auf den Meierhof, erzählte das Vorgefallene, indem er die Goldstücke zeigte, und erfuhr mit Erstaunen, daß er drei Tage auf dem Schlosse gewesen. Nun mußte er zwar mit den Leuten wieder dahin, aber alles Suchen nach dem Saale war vergebens.

Die zwölf Männer sind in die Burg verwünscht; allein sie kommen, wenn Deutschland in der größten Noth ist, wieder heraus, und befreien es von seinen Feinden.

So viel zur Hochburg.

Morgen einen Urlaubstag einlegen, zuerst die Ruine Landeck und später die Hochburg besuchen.

*

Gleich unterhalb der Burg Landeck liegt die Burgschänke. Heute war es bewölkt und für die Jahreszeit ziemlich kühl.

Mit dem Auto kein Problem.

Ein Jägerschnitzel, ein kleines Pils und anschließend einen Spaziergang hoch zur Ruine. Auf dem Parkplatz hielten vier Autos. Dem Geschrei und dem Gelächter nach handelte es sich um eine Gruppe von Frauen. Uninteressant.

Er vertiefte sich wieder in sein Essen.

Bis ihn jemand ansprach.

»Hallo, Erich! Wieder mal auf Burgentour? Den sagenhaften Geheimgang noch immer nicht gefunden?«

Martha, eine Lehrerin an der gleichen Schule, lachte.

»Sie kennen sich?«, fragte eine erstaunte Stimme. Oha, die kannte er doch, oder?

Er blickte hoch, genau in Sarahs Gesicht.

»Aber ja,« meinte Martha, »wir sind beide Lehrer am selben Gymnasium!«

Sarah sah in ganz entgeistert an, während Martha munter fortfuhr: »Wir sind alle Lehrerinnen von verschiedenen Schulen, Erich, und treffen uns regelmäßig zu einem Plausch mit Erfahrungsaustausch. Und was machst Du hier?«

Sarah hörte aufmerksam zu.

»Och, nichts Besonderes. Essen, kurz hoch zur Ruine. Anschließend weiter zur Ruine Keppenbach. In Freiamt später Kaffee trinken. Einfach so Urlaub machen.«

Keine der anderen Damen beachteten sie.

Sarah sprach ihn so mutig wie bittend an, wer wusste schon, wann sie ihn wieder treffen würde:

»Erich, würden Sie mich bitte mitnehmen? Die Ruinen interessieren mich ebenfalls sehr. Bitte!«

Sein Essen musste sowieso in die Mikrowelle. Inzwischen war es kalt geworden, so dass er zustimmend nickte. Sarah sah ihn freudig an: »Danke!«

Ob es wirklich eine gute Idee war? Erich war sich da nicht mehr so sicher.

Irgendwann wurde es in der Schänke langsam stiller. Das Wetter hatte sich gebessert, sodass die Damen sich ins Freie begaben, um sich an kleinen Tischen unter der Marquise nieder zu lassen. Kaffee und Kuchen waren jetzt angesagt.

Erich sah Sarah fragend an: »Wenn Sie noch immer mitkommen möchten, dann jetzt!«

Sarah zögerte keine Sekunde und stand sofort auf. Sie verabschiedenten sich von Martha und gingen.

Langsam schritten sie wortlos nebeneinander zur Ruine hoch. Im Innenbereich ließen die sich auf einer der wenigen Bänken nieder.

»Es ist überall das Gleiche! Sitzgelegenheiten sind Mangelware. Oft sind die Bänke sogar noch mehr als die zugehörige, Jahrhunderte alte Ruine zerfallen. Eine Schande für viele Verkehrsvereine!«

Seine Stimme klang bitter.

Leise meinte Sarah: »Viele Gemeinden sind praktisch pleite. Sie wissen doch, dass auch bei uns, im Bildungsbereich, von vorne bis hinten das Geld knapp ist!«

Erich nickte zustimmend. »Darf ich fragen, an was für einer Schule Sie unterrichten?«

»Realschule. Zum mittleren Schulabschluss.«

»Oh je! Mein Beileid! Ein Haufen pubertierender Jugendlicher, auf deren ›To-Do-Liste‹ die Schule weit unten steht! Das ist nichts für mich!«

Ein paar Sekunden schwieg er.

»Kommen Sie. Wir wollen das schöne Wetter ausnutzen. Auf der Fahrt können wir weiterreden. Jetzt geht es zum Sägplatz beim Rathaus. Von dort sind es zu Fuß zwanzig Minuten bis zur Burg.«

Erich fuhr ruhig, gelassen und trotz ihres Gesprächs voll konzentriert.

Als sie ausstiegen, fiel sein Blick auf die Wolken am Horizont.

Zwanzig Minuten hin, zehn Minuten verweilen, zwanzig Minuten für den Rückweg. Es musste reichen!

Tat es nicht. Eine Wand aus Wasser!

In Sekundenschnelle war Sarah nass bis auf Haut. So schnell konnte er ihr Sein Jacke nicht umlegen. Außerdem war der Regenguss saukalt! Sie zitterte. Er griff zu, nahm sie hoch und trug sie im Laufschritt zum Auto. Er setzte sie auf den Rücksitz. In einem Tonfall, der jeden Protest ausschloss.

»Ziehen Sie sich sofort die Oberbekleidung aus! Dann setzen Sir sich auf den Rücksitz und ziehen BH und Slip aus! Bei dem Wetter sieht Sie sowieso keiner.«

Sarahs versuchten Protest ignorierte er, öffnete den Kofferraum und kam mit warmen Wolldecken zurück. Wütend fauchte er sie an:

»Ich sagte alles ausziehen! Oder wollen Sie sich eine Blasenerkältung holen?« Er raffte ihre nasse Wäsche zusammen und warf diese vor den Vordersitz auf den Boden.

»Wohnen Sie mit einer Freundin zusammen?«

»Ja!«

»Gut! Ich gurte Sie jetzt an! Rufen Sie sofort bei ihr an. Sie soll Ihnen frische Wäsche ans Auto bringen und Sie ziehen sich dann auf dem Rücksitz wieder an. Wo wohnen Sie?«

»In Endingen. Und Sie?«

»Ganz in ihre Nähe, in Riegel.«

Er fuhr los, Sarah telefonierte mit Susanne. Die hielt alles erst einmal für einen Scherz.

Erich hörte erst gar nicht zu. Plötzlich fiel Sarah etwas ein: »Warum ziehen Sie sich nicht aus?«

Er gab ihr keine Antwort. Schweigend fuhr er weiter. Als sie die Autobahn überquerten, sprach er wieder: »Bitte zeigen Sie mir den Weg. Wir sind gleich da!«

Wenige Minuten später stand er vor dem Haus. Eine junge Frau stand wartend davor, frische Wäsche im Arm haltend. Erich stieg aus, deutete auf die Rückbank.

Taktvoll entfernte er sich dann mehrere Schritte vom Auto, den Damen den Rücken zuwendend. Die ihm unbekannte Frau kam heran. Ohne diese anzusehen sprach er zu ihr:

»Sarahs nasse Kleidung liegt vor dem Beifahrersitz!«

Autotüren wurden geöffnet und wieder geschlossen. Schritte entfernten sich, eine Haustür fiel ins Schloss.

Gut, sie hatten begriffen, dass er nur noch seine Ruhe haben wollte!

Er fror erbärmlich. Nichts wie ab nach Hause, eine warme Dusche nehmen und einen Zitronentee schlürfen.

*

Susanne sah ihm verblüfft nach.

»Sag mal Sarah, was war das für ein komischer Typ?«

»Oh, nur unser ›Bademeister‹! Netter Mann. Hat mich klatschnass, wie ich war, zum Auto getragen und warme Decken gebracht. Er dürfte ziemlich fertig sein und nur nach Hause wollen. Außerdem ist er kein Bademeister: Lass Dir erzählen ...!«

»Die ganze Zeit über habt ihr nur über Schulen, Mädchen und Jungs gesprochen?«

»Ja! Wir wollten zu einem netten Lokal fahren, da wäre es sicher zu anderen Themen gekommen. Dann kam der Regen dazwischen.«

*

Na, wer sagte es denn! Keine Erkältung!

Nur ein geringes Kratzen im Hals, eine leicht verstopfte Nase und einen unangenehmen Kopfdruck. Kein Grund, auf ein Mittagessen zu verzichten. In Ihringen zum Beispiel.

Ein Blick auf die Uhr.

In dreißig Minuten losfahren, dann war er rechtzeitig zum Essen dort. Eine kleine Kneipe, ein ehemaliger Studententreffpunkt und seit zwei Jahren noch deutlich etwas mehr.

An seiner Tür klingelte es Sturm. Wenn er Ruhe haben wollte, musste er wohl oder übel öffnen.

Leicht sauer riss er die Tür auf und erschrak.

Sarah!

Verlegen hielt sie ihm seine Jacke hin. Sie an, bislang hatte er diese noch nicht vermisst.

»Susanne hat gestern alles, was nass war, mitgenommen.«

»Kommen Sie bitte herein und setzen sie sich.«

Und leicht neugierig: »Wie fanden Sie mich?«

»Internet! Ich hatte ihren Namen, ihren Wohnort und ihren Beruf. Zuviel der Mühe! Also rief ich einfach Martha an!«

Er musste lachen. So ein Biest.

»Soeben wollte ich zum Essen fahren. Darf ich Sie herzu einladen?«

»Aber nur wenn ich Sie fahren darf!«

Kritisch betrachtete Sarah ihn genau.

»Man sieht Ihnen eine beginnende Erkältung schon von weitem an!«

Wo sie recht hatte, hatte sie recht!

»Einverstanden! Das Lokal ist in Ihringen. Vorher muss ich allerdings anrufen. Einen Tisch reservieren.«

Er griff zum Handy.

»Hallo Egon! Bitte zwei Plätze reservieren. Eine Dame kommt mit!«

*

Werner, Rolf und Ewald trafen sich ab und zu im Landgasthof Waldschänke zum Skat.

Auch wenn sie nebenher kräftig tranken, so waren sie doch bisher immer friedlich miteinander ausgekommen. Kleine Meinungsverschiedenheiten kamen immer wieder mal vor, wobei Ewald der Uneinsichtigste war und meist stur auf seiner Meinung beharrte. Bei Politik beispielsweise. Außerdem wurde er schnell ausfällig und neigte zum Jähzorn, was ihn schon ein paarmal in Schwierigkeiten brachte. Natürlich war er an den Schlägereien niemals schuld, angefangen katten immer die anderen! Er hatte Ingenieur mit Schwerpunkt Mechanik studiert, aber in einem Hauptfach versagt. Er wiederholte die Prüfung ein Semester später und fiel erneut durch. Schuld waren natürlich die Prüfer! Er gab auf! Ohne Abschlusszeugnis und Diplom! Seitdem war er verändert. Auch privat lief nichts. Keine Freundin! Spätestens am dritten Tag nahmen alle Reißaus.

Personalleiter verlangten als erstes sein Ingenieurszeugnis, hatte er aber nicht. Also reichte er seine Zeugnisse aus den Zwischenprüfungen ein und bewarb sich als Techniker. Endlich nahm ihn eine Firma nach einem ausführlichen Bewerbungsgespräch an. Aber seine neuen Kollegen lehnten ihn ab, da er immer alles besser wusste. Was ihn wiederum ärgerte.

Der heutige Morgen brachte das Fass nahezu zum Überlaufen. Der Personalleiter und der Betriebsratvorsitzende überreichten ihm eine Abmahnung. Die Kollegen hatten sich über ihn beschwert.

Nur noch ein winziger Anlass.

Wieder einmal wusste er alles besser und Rolf reagierte genervt.

»Ach hör doch mit deiner ewigen Besserwisserei auf, du Versager!«

Das war zu viel! Ewald sah rot!

Er ergriff einen schweren Humpen und schlug ihn Rolf auf den Kopf. Lautlos, heftig blutend, fiel der zu Boden.

Panik erfasste ihn. Bevor jemand in der Lage war, rannte er in die Nacht. Der Tag war schwül gewesen und alles deutete auf ein nahendes Gewitter hin. Als Ewald losrannte, fielen erste Regentropfen und Blitze huschten über den Horizont, immer wieder die Hochburg der Schwärze der Nacht entreißend.

Dort konnte er sich erst einmal über Nacht verstecken, also lief er darauf zu. Hinter sich hörte er Sirenen, flackerte Blaulicht. Krankenwagen und Polizei? Egal, nichts wie weiter!

Links von ihm leuchtet ein fahles Licht auf. In seinem vom Alkohol benebelten Zustand lief er darauf zu. Sieh an, eine junge Frau. Die kam ihm gerade recht. Da diese sich langsam entfernte, kam er ihr kaum näher.

Dann blieb sie stehen, ihn eiskalt ansehend. Dornen rissen an seiner Kleidung. Wütend trampelte er darauf herum.

Der Boden gab nach. Er rutschte schräg in die Tiefe. Die letzten Meter ging es senkrecht hinab. Er schlug mit dem Kopf an eine Mauer. Danach wurde es dunkel!

So sah er nicht, wie die Frau verschwand.

*

Ein unscheinbares Gebäude, einem Bauernhof gleichend. Viele Parkplätze. Komisches Lokal.

›CKS‹

Davon hatte sie schon mal gehört. Zutritt nicht für jeden.

Erich klopfte an. Sofort wurde ihnen geöffnet.

Sarah staunte, sie befanden sich in einem Lokal der Spitzenklasse! Ein Mann kam heran und begrüßt sie herzlich.

»Hallo Egon, darf ich vorstellen: Sarah, dies ist Egon, der Wirt und Eigentümer. Egon, sie heißt Sarah!«

»Und hat sie auch einen Nachnamen?«

Erich sah dumm drein, kannte er ihren Namen bisher auch nicht!

Sarah meinte lächelnd: »Mayer, Sarah Mayer, Lehrerin aus Endingen!«

Gut, alles geklärt. Egon führte sie an einen ruhigen Tisch.

»Sarah, wenn Sie bitte ...«

Sie unterbrach ihn: »Du, bitte, kein ›Sie‹ mehr!«

Klang vernünftig. Andererseits war damit der persönliche Abstand verringert.

Irgendwie hatte er das Gefühl, langsam aber sicher in eine Falle zu tappen.

Bisher hielt er sich die Damenwelt erfolgreich vom Leib, aber jetzt ...

*

Gerade als er bestellen wollte, trat Egon an den Tisch.

»Erich, Du erhältst erst einmal eine kräftige Hühnerbrühe gegen die Erkältung. Nach dem Essen zwei Antigrippetabletten.« Er hielt ihm eine kleine Schachtel hin. »Morgen geht es dir wieder besser! So, was darf ich aufnehmen?«

Sarah meldete sich leise zu Wort.

»Darf ich bitte auch eine Hühnerbrühe haben? Ich war zwar nur zwanzig Minuten durchnässt, aber Eric gut anderthalb Stunden!«

»Wie das?«

Sarah berichtete kurz und sachlich. Egon nickte nachdenklich und ging.

Keine zwei Minuten später standen die dampfenden Suppen, serviert von einer freundlichen Bedienung, vor ihnen.

»Mit Grüßen vom Chef. Bitte so heiß wie möglich essen!«

»Wer ist Egon?«

»Früher war das eine Studentenkneipe. Er war dort Stammgast. Studienabschluss als Arzt. Seine Mutter verstarb sehr früh. Vor einigen Jahren starb sein Vater und hinterließ etwas Geld. Vor etwa vier Jahren kaufte er ›seine‹ Kneipe auf und baute sie nach seinen Vorstellungen um. CKS heißt Club Kaiser Stuhl. Dies hier ist kein öffentliches Lokal. Nur für Mitglieder im Umkreis des Kaiserstuhls. Und deren Begleitung. Das Leben als Arzt gefiel ihm nicht. Nur Krankheiten, Not, Elend und Tod! Er konnte es nicht mehr ertragen. Hier ist er glücklich!«

Erich schwieg und widmete sich seinem ausgezeichneten Essen. Sarah folgte seinem Beispiel. Beim obligatorischen Espresso fragte sie:

»Und was machen wir jetzt?«

»Ausruhen! Breisach liegt ganz in der Nähe! Von dort aus fahren Ausflugsschiffe den Rhein entweder flussaufwärts oder abwärts, wenden nach einiger Zeit und kehren nach Breisach zurück. An Bord überlegen wir uns, wie es später weitergehen soll. Einverstanden?«

Natürlich nickte sie bejahend!

*

Sie suchten sich einen windstillen Ort zum Ausruhen auf dem Hauptdeck.

Kaum saßen sie, schliefen sie, aneinander gelehnt ein. Gegessen und müde.

Kurz vor Breisach erwachte er, und stellte amüsiert fest, dass Sarah teilweise auf ihm lag. Trotz vorsichtigem Aufrichten erschrak sie, wusste im ersten Moment nicht, wo sie sich befand.

»Gut geschlafen, Sarah?«

Erich! Schnell setzte sie sich auf. Oh je, soeben legten sie in Breisach an.

Nebeneinander schlenderten sie zum Auto.

»Was machen wir jetzt?«

Erich sah ratlos aus.

Sarah griff zum Handy und wählte.

»Heinrich? Hast du noch in Tischchen für zwei frei? Ja? Bitte reservieren! Danke!«

Zufrieden startete sie den Wagen und fuhr los. Direkt nach Freiburg. Am Rand der Altstadt bog sie in einen unscheinbaren Torbogen ein. Interessant, ein großer Innenhof tat sich auf. Eine Tür sowie zwei Fenster, eingerahmt von bunten Lichterketten leuchteten blinkend im Dunkel. Kein Schild, kein Hinweis. Jetzt war er wirklich gespannt, was sich dahinter verbarg. Sarah steuerte auf die Tür zu, ihn an der Hand mit sich ziehend.

Als sie eintraten, erkannte Erich, dass sich vor ihm eine Tanzbar befand. Ringsum um gepolsterte Stühle und Bänke sowie kleine Zweier- oder Dreiertische.

Und in der Mitte eine nahezu riesige Tanzfläche. Richtig süß!

Der Raum besaß mehrere Türen. Über einer stand groß ›Bar‹, über der zweiten war ein Schild mit der Aufschrift ›Toiletten‹.

In der echten hinteren Ecke saß noch recht gelangweilt dreinsehender Discjockey mit zwei Plattentellern. Die Tanzbar war Gerade mal zu einem Drittel gefüllt.

»In etwa zwei Stunden geht s hier richtig los. Dafür ist bis vier Uhr geöffnet.«, raunte ihm Sarah zu.

Gut zu wissen, oder?

Ein junger Mann eilte herbei: »Dein gewohntes Tischchen! Wo ist den Susi heute?«

Sarah lachte: »Die habe ich heute gegen Erich ausgetauscht!«

Sie setzten sich. Erich griff zur Karte und las.

Kein Speiserestaurant, sondern nur kleine Zwischenmahlzeiten wie Snacks und Tapas. Sarah bestellte eine Tapasplatte und dazu einen leichten Weißwein.

Sie stießen an: »Auf uns!«

»Kannst Du tanzen, Erich, ich meine richtig tanzen?«

Als er bejahte, huschte Sarah zum Discjockey. Der nahm sein Mikrofon auf.

»Auf allgemeinen Wunsch einer einzelnen Dame spielen wir einen langsamen Walzer. Damenwahl!«

Sarah zog ihn sofort auf die Tanzfläche. Er umfasste sie ganz vorsichtig und führte sie. Jetzt erst merkte er, dass die Prüfung erst losging. Es folgte ein Foxtrott. Inzwischen waren einige Paare auf der Tanzfläche, die aber schnell aufgaben! Tango ...

Sie hatten plötzlich sehr viel Raum, sodass er mit großen Schritten tanzen konnte. Als die Musik verklang, verbeugte er sich vor Sarah und geleitet sie, ganz Kavalier alter Schule, zurück zum Tisch.

Sarah war begeistert.

»Sie sind der erste Mann, den ich kenne, der tatsächlich tanzen kann! Nicht so ein Geschiebe oder Klammerblues, wie jetzt wieder.«

Während Sarah ihn lobte, versuchte er unauffällig sich zu erholen.

Diese elende Erkältung, die stark dämpfenden Tabletten, die überlaut hämmernde Musik, die nervenden Discolichter!

Sarah wurde aufmerksam.

Sie fühlte, dass Erich ihr nicht mehr zuhörte. Sie fasste ihm an die Stirn. Heiß, er hatte Fieber! Sie steckte vorhin Egons Tabletten ein und gab ihm jetzt schnell eine.

Zahlen und Erich zum Auto bugsieren, war eins. Sie schnallte ihn an und fuhr los. So langsam erholte er sich. Egons Tablette schien Wunder zu wirken.

In Riegel angekommen, half sie Erich beim Aussteigen.

 Da er Schwierigkeiten beim Öffnen der Haustür hatte, nahm sie ihm die Schlüssel ab und öffnete. Wo war denn das Schlafzimmer?

Ihm das Hemd auszuziehen war kein Problem. Die Hose schon eher. Er schlief bereits, sodass sie ihn einfach aufs Bett legte, die Hose herunter zog, nachdem sie ihm vorher die Schuhe ausgezogen hatte.

Sarah dachte nach.

Erich schlief tief und fest. Kurzentschlossen nahm sie seine Schlüssel an sich. Einmal Endingen und zurück, dazwischen frische Wäsche eingepackt, und kaum dreißig Minuten später war sie wieder bei ihm. Inzwischen war sie selbst sehr müde.

Zu schläfrig, um noch zu fahren, zumal bei Nacht. Daher legte sie sich neben ihn und schlief ebenfalls ein.

*

Als Sarah erwachte, war es bereits heller Tag. Der Platz im Bett neben ihr war leer.

Ein verlockender Duft nach Kaffee kam aus Richtung Küche. Ohne auf ihre zerknautschte Kleidung zu achten, stieg sie eilig aus dem Bett und ab ging es zur Küche. Sie staunte! Der kleine Küchentisch war liebevoll gedeckt. Frische Aufbackbrötchen, Marmelade, Honig, verschiedenen Wurst- und Käsesorten erwarteten sie. Zwei Gläser mit Orangensaft standen ebenfalls bereit. Noch während sie die Köstlichkeiten betrachtete, kam Erich frisch geduscht herein.

»Guten Morgen Sarah, darf ich dir noch ein weichgekochtes Ei oder Rühreier anbieten? Etwas Lachs oder Schinken?«

Fragend sah er sie an. Alle Achtung! Ein derart lukullisches Frühstück kannte sie nur aus Bäckereien, wenn sie zum Beispiel mit Susanne ausging. Allerdings recht selten.

Aber das hier, der helle Wahnsinn!

»Nein, nein danke Erich! Es ist alles da. Vielen Dank! Wieso hast Du so viel vorrätig?«

Er sah sie sehr ernst an.

»Früher oder später, wenn bestimmte Leute davon erfahren, dass wir zusammen aus waren, werden Sie dich vor mir warnen. Ich habe einen sehr negativen Ruf! Ich habe keinen Freund und schon gar nicht eine Freundin. Ich werde als Spinner abgetan Sie nennen mich den ›Hochburg-Erich‹, weil ich außergewöhnlich oft auf der Ruine herumsitze und träume. Die Ruine birgt ein Geheimnis, ich fühle, dass sie mich ruft! Wenn man allein ist, ist ein gutes Frühstück wenigstens ein kleiner Trost, bevor der Unterricht beginnt. Da ich sehr viel im Schwarzwald, allein natürlich, auf Ruinen, Burgen und

Schlössern unterwegs bin, mein Hobby sozusagen, ist die Bezeichnung ›komischer Kauz‹ noch die harmloseste!«

Er schwieg und sah für einen Moment traurig vor sich hin. Sarah sah betroffen aus. Sie erinnerte sich: Eine Bekannte erzählte vor Längerem von den seltsamsten Typen. Darunter auch von ›Hochburg-Erich‹. Aber einen Gymnasiallehrer und Aushilfsbademeister als Spinner zu bezeichnen, war wohl weit daneben.

»Wenn du möchtest, kannst du gerne duschen, allerdings habe ich keine frische Unterwäsche für Dich.«

Sara lachte.

»Gestern, nachdem du einschliefst, war ich noch schnell zuhause und holte mir eine komplett neue Kleidung. Ich dusche mich jetzt und würde anschließen gerne mit dir in den Schwarzwald fahren. Du hast doch sicherlich was geplant, oder?«

»Ja, ich wollte nach Bad Liebenzell und dort einen kleinen Stadtbummel machen. Danach hoch zur Burggaststätte.« Er lachte. »Du bist herzlich eingeladen!«

Sarah lächelte ebenfalls. »Gut! Ich mache mich jetzt zurecht, dann können wir.«

Während sie duschte, packte er das Geschirr in die Spülmaschine und räumte auf. Anschließend setzte er sich ins Wohnzimmer und griff nach einem Buch.

Er kam nicht weit mit lesen. Sarah war schneller fertig, als er dachte.

*

„Wir nehmen erstmal die Autobahn nach Karlsruhe und dann weiter Richtung Pforzheim. Bis Bad Liebenzell dauert es noch einige Zeit.“

Von ihr aus konnte es recht lange dauern. Erich fuhr zügig ohne Angabe. Hielt sich an das vorgegebene

Tempolimit. Blinkte beim Überholen, achtete auf Abstand zum Vordermann. Bei ihm fühlte sie sich absolut sicher.

Dann fiel ihr wieder Erics Ruf ein.

»Könnte es sein, dass Du aus irgendwelchen Gründen deinen angeblichen Ruf sogar förderst und unterstützt? Martha und Egon haben mit Hochachtung von dir gesprochen. Warum also ...?«

Erich schien mit sich zu kämpfen.

»Manche der Mädchen wollen unbedingt Nachhilfe. Angebot: Sex gegen gute Noten. Oder aber sie ›vergessen‹ ihr Unterhöschen. Am liebsten breitbeinig in der ersten oder zweiten Reihe. Solche Mädchen landen in der Klasse von Martha oder deren Kolleginnen. Jungs, welche immer wieder ›versehentlich‹ die Hosentür auflassen, landen bei mir.«

Sarah sah betroffen drein.

»Mit meinem schlechten Ruf bekam ich Ruhe.«

Eine Zeitlang schwiegen beide.

So gepresst, wie er sprach, schien ihm das Thema unangenehm zu sein. Nun, wie sie wusste, gab es mehr oder weniger Ärger mit pubertierenden Jugendlichen. Nix Neues also.

Auf der Höhe von Bühl machte er Sarah auf die diesem Licht kaum auszumachende Burg Alt-Windeck aufmerksam.

Kurz darauf kam die Yburg bei Baden-Baden in Sicht.

Nach Rastatt wechselte Erich von der A 5 zur A 8 in Richtung Stuttgart. Ein Blick auf die Uhr. Sehr gut durchgekommen!

Einem Stadtbummel durch Liebenzell stand nichts mehr im Wege!

Sarah musste mal. Kein Problem! Einfach ins nächste Café und zwei Espresso bestellt. Und auf der Toilette noch was mitgenommen!

Sie hatte im Moment keine Lust mehr auf Auto fahren, weshalb sie zu Fuß zur Burg hochliefen.

*

Wirklich, allein vom Essen und der Aussicht her, hatte sich die Fahrt gelohnt.

Alles Persönliche ausklammernd, unterhielten sie sich glänzend.

»Hast du für Morgen schon etwas vor, Sarah?«

Sie lächelte.

»Nein Erich, ich nehme an, du willst die Tage bis zum Schulbeginn ausnützen, nicht wahr?«

»Ja ich denke an Folgendes: Einigermaßen früh aufstehen, dann fahren wir über Villingen-Schwenningen und Balingen zur Burg Hohenzollern. Anschließend weiter zur Burg Lichtenstein! Wenn wir dann noch nicht zu müde sind, besuchen wir noch die nahe gelegene Nebelhöhle!«

Erich wirkte richtig begeistert!

Da sie die Reiseziele bisher nicht kannte, freute sie sich. Hoffentlich kam nichts dazwischen. Sie hatte sich für heute noch so einiges vorgenommen!

Nach dem Essen liefen sie hinab nach Bad-Liebenzell. Sarah hatte beim Hochlaufen eine für ihr Vorhaben geeignet scheinende Bank entdeckt. Etwas seitlich am Berghang, im Schatten von Büschen, die einen teilweisen Sichtschutz abgaben.

Sie zeigte auf die Bank:

»Bitte, Erich! Lass uns ein paar Minuten hinsetzen!«

Erich hatte nichts dagegen. Einige Zeit ausruhen, konnte nichts schaden!

Kaum, dass er saß, ging Sarah zur Attacke über. Sie umarmte ihn und küsste ihn hingebungsvoll. Für einige Sekunde versteifte er sich erschrocken, um gleich darauf ihre Küsse zu erwidern.

Minuten später lehnte sich Sarah an ihn.

»Seit dem Freibad mochte ich dich. Dass wir uns auf der Burg Landeck trafen, war es ein Wink des Schicksals. Dann als du mich auf der Burg Keppenbach auf deinen Armen trugst, wusste ich endgültig, dass ich dich liebe. Am Tag danach, beim Tanzen, wo du mich so zart behandelt hast, erkannte ich endgültig, dass du kein Macho bist!«

Sie schwieg, während er das erst einmal verdauen musste. Jetzt war er nur noch glücklich.

Welch ein herrlicher Tag! Ein wunderbares Gefühl, Sarahs weichen, warmen Körper in seinem Arm zu halten. Von ihm aus konnte es ewig so weitergehen.

Sarah wurde unruhig.

»Bitte, lass uns weitergehen. Ich lade dich unten in der Stadt ins Café ein. Außerdem muss ich mal!«

Erich erhob sich sofort, nahm sie an der Hand und zog sie mit sich.

Ein paar Meter weiter lief er langsamer und entschuldigte sich:

»Tut mir leid, bisher ging ich mit niemanden Hand in Hand!«

Sarah Lachte. »Wir werden es üben!«

*

»Eric, fahre mich bitte direkt nach Endingen, nach Hause! Ich möchte duschen und mich frisch machen.

Darf ich Dich gegen neunzehn Uhr abholen? Es wäre sehr nett, wenn wir ohne Abstand miteinander tanzen könnten, bitte!«

»Aber ja, ich freue mich darauf!«

Fein, dachte sie, er ging ihr voll in die Falle!

Tanzen? Zum ersten Mal ganz bewusst mit der Frau, die er liebte.

Schnell geduscht und in frische Wäsche geschlüpft. Wecker gestellt und noch einige Minuten die Augen geschlossen.

*

Wie nicht anders zu erwarten, war Sarah pünktlich.

Zwei Sunden lang blieben ihm.

Auf dem Weg nach Hause, fragte sie harmlos, wie so nebenbei: »Lädst du mich noch zu einem Gläschen Wein ein?«

Nichts lieber als das!

Sarah huschte noch schnell ins Bad.

Drei Muten später rief sie aus dem Schlafzimmer.

»Erich, kannst du mir bitte helfen?«

Was suchte sie in seinem Schlafzimmer?

Er sollte es gleich erfahren.

Die beiden Nachttischlampen brannten sowie zwei Kerzen. Auf dem Bett lag ein Badehandtuch. Sarah tat von der Seite heran, küsste ihn und begann sein. Hemd und die Hose aufzuknöpfen. Bevor er richtig begriff, lag er vollständig entkleidet auf dem Bett. Jetzt erst bemerkte er, dass auch Sarah nackt war. Engumschlungen küssten und streichelten sie sich. Plötzlich fühlte er, dass sie versuchte, ihm ein Kondom über zu streifen. Da sie keine Übung hatte, ging es schief. Zu sehr und viel zu lang ›behandelte‹ sie ihn. Er kam, wie er es sich niemals vorgestellt hatte.

Sarah sah ziemlich schuldbewusst drein. Dann kicherten sie beide und holten ein neues Handtuch. Dieses Mal ließen sie es ruhiger angehen. Schmusen, kuscheln, küssen und streicheln. Nach einiger Zeit drehte sich Sarah aufreizend langsam auf den Rücken.

»Komm zu mir!«

Voller Liebe und Erwartung.

*

Die Sonne stand hoch am Himmel, als sie erwachten.

»Oh je, für Hohenzollern und so ist s wohl zu spät!«

»Kein Problem! Duschen, ausgiebig frühstücken und ab nach Meersburg am Bodensee. Kein Stress heute! Nur eine gemütliche Bootsrundfahrt, einverstanden? Mittagessen oder Abendessen, wie es sich gerade ergibt!«

Gesagt getan!

Dank des üppigen Frühstücks genügte eine Kleinigkeit aus dem Bordkiosk.

Ansonsten, küssen, aneinanderschmiegen, träumen ...

*

Es wurde später als gedacht.

Die Bootsfahrt um den See, einfach unvergesslich! Sie staunte immer mehr, wie zart und rücksichtsvoll Erich mit ihr umging. Das Abendessen in Meersburg? Noch nie war sie so verwöhnt worden. Aber auch der schönste Urlaubstag geht einmal zu Ende. Sarah steuerte das Auto. Eric war plötzlich unruhig geworden. Was hatte der bloß?

Er sah sich immer wieder suchend um, dann hielt er die Augen geschlossen, leise, unverständlich vor sich hinmurmelnd.

So ging das gut dreißig Minuten. Plötzlich richtete er sich auf.

»Sarah, halte bitte bei nächster Gelegenheit an und lass mich fahren. Es ist nicht mehr viel Zeit!«

Verwundert fuhr sie rechts raus. Schnell wechselten sie die Sitze und Erich fuhr zügig los.

»Ich kann es dir nicht logisch erklären, du musst mir vertrauen! Seit vielen Jahren über hatte ich oft das Gefühl, dass mich die Hochburg anlockte. Die Ruine ließ mich nicht mehr los! Heute ist der für mich entscheidende Tag. Seit eben weiß ich, dass es nicht die kalten Mauern sind, sondern die ›Weiße Frau‹. Seit Jahrhunderten wartet sie auf ihre Erlösung. Du brauchst keine Angst zu haben, sie ist kein böses Wesen!«

Sarah wusste, nicht was sie denken sollte. Die Geister des Schwarzwaldes hielt sie für Sagen aus Zeiten, als die Leute wortwörtlich im tiefsten Mittelalter lebten. Aber Erich, eigentlich ein Lehrer, mit beiden Beinen fest auf dem Boden der Tatsachen stehend, glaubte an Gespenster.

Dann merkte sie auf. Erich fuhr über Denzlingen, und Sexau.

Emmendingen links liegen lassend, lenkte er von Osten her auf die Ruine zu. In der Dunkelheit war kaum etwas von der Umgebung zu erkennen. Im Scheinwerferlicht tauchten rechts von ihnen schattenhaft eine Handvoll Bäume auf. Erich bremste weich und fuhr extrem langsam auf die Bäume zu. Zehn Meter vor einer Hecke drehte er das Fahrzeug so, dass das Gebüsch seitlich von ihnen lag.

Motor abstellen, das Licht ausschalten und sie standen in der Nacht. Sarah wurde immer unheimlicher zu Mute.

*

Erich stupste sie vorsichtig an.

»Schau, die helle Dunstsäule über den Büschen. Die ›Weiße Frau‹. Sieh genau hin! Was siehst Du?«

›Nichts‹ wollte sie sagen, da verdichtete sich der Nebel und an seiner Stelle erschien eine weißgekleidete Frau, welche ihr gütig zulächelte. Im nächsten Moment fegte ein scharfer Windstoß sie hinweg.

Sarah zitterte, hatte sie doch nie an Geister geglaubt.

Erich nahm sie in die Arme.

»Keine Angst, nur eine Illusion. Du sahst, was Du erwartet hast zu sehen! Also beruhige dich!«

Erich griff nach seinem Handy und wählte die 112.

»Hallo, ich heiße Erich Weber. Östlich der Hochburg ist jemand in einen mehrere Meter tiefen Schacht gestürzt. Das Gelände ist instabil. Sie werden Seile, Leitern und dergleichen benötigen. Und vor allem einen Krankenwagen mit einem Notarzt. Ich stehe auf einer Wiese, Licht und Warnblinker eingeschaltet. Beeilen Sie sich!« Sarah bekam den Rest des Gesprächs nur noch am Rande mit.

Eine Frage beschäftigte sie:

›Woher wusste Erich dies alles?‹

*

Alle Achtung! Sie waren wirklich schnell.

Zuerst schossen zwei Polizeiwagen heran. Gott sei Dank nur mit Blaulicht, ohne Sirenen. Erich stieg aus und erwartete die Beamten:

»Dort, in der Hecke. Gehen Sie ohne Absicherung nicht zu nahe heran! Sie müssen damit rechnen, dass der Boden noch mehr einbricht!«

Er zeigte seinen Personalausweis.

»Wie haben Sie das entdeckt?«

Er seufzte, ehe er ungeniert log.

»Ich habe nichts entdeckt. Ein Jäger, wahrscheinlich eher ein Wilderer, hat es beobachtet. Er hatte keinerlei Interesse daran, von Ihnen gegen Mitternacht hier angetroffen zu werden und neugierige Fragen zu beantworten. Nach zwei Tagen plagte ihn das schlechte Gewissen. Da wir uns, wenn auch nur flüchtig, vom Sehen in der Ruine her kannten und da er meine Visitenkarte besaß, rief er mich an. Er wusste, dass ich das Gelände um die Burg herum sehr gut kenne und dass ich nach seiner Beschreibung diesen Ort problemlos auch bei Nacht finden würde.«

Zwei Fahrzeuge von der Bergwacht kamen heran.

Ein Polizist, er hatte sich gefährlich nahe an das Loch im Boden herangewagt, wies die Männer von der Bergwacht ein.

Danach ging es Schlag auf Schlag. Zwei Männer seilten sich ab, andere sicherten das Loch. Leitern wurden hinabgelassen. Ein Sanitäter und der Notarzt stiegen in die Tiefe. Die Männer von der Bergwacht hatten rundum Scheinwerfer aufgestellt. Eine Trage wurde abgeseilt. Minuten um Minuten verstrichen. Sicherlich wurde der Verunglückte versorgt. Unversehens rannten vier Mann von der Bergwacht weiter auf die Wiese hinaus, markierten ein Quadrat mit weißen und roten Lichtern. Oha! Das sah nach Rettungshubschrauber aus!

Von weitem hörte man den Rotor des Hubschraubers, während der Verunglückte geborgen wurde.

»... Lebensgefahr ... schwere Kopfverletzung ... Unterkühlung ... hat ihm vermutlich das Leben gerettet ...«

Nur bruchstückhaft vernahm er die Aussage des Arztes.

Dann landete der Hubschrauber. Eilig brachten sie den Verletzten zur Maschine. Keine zwei Minuten später hob diese wieder ab. Die Polizisten verabschiedeten sich höflich und fuhren weg.

Nur die Männer von der Bergwacht blieben und bauten wieder alles ab, sicherten den Zugang zum Stollen. Den Leiter bat er um eine Visitenkarte.

»Darf ich Sie demnächst anrufen? Ich möchte Sie gerne privat unter vier Augen sprechen. Ginge das?«

Natürlich bekam er die Karte, während er dem Mann seine reichte.

Er ging zum Auto, in dem Sarah leise schnarchte.

*

»Du hast gestern in der Nacht dreist gelogen! Keiner hätte dir die ›Weiße Frau‹ abgenommen. Aber den nicht existierenden Wilderer werden sie noch lange suchen!«

Schau an! Eines musste er Sarah lassen, dumm war sie nicht!

Sie saßen beim Frühstück und unterhielten sich über belanglose Themen.

Aber jetzt schien sie den gestrigen Abend aufarbeiten zu wollen.

»Wie geht es nun weiter? Ist das Kapitel, ›Weiße Frau‹ damit abgeschlossen?«

Erich schüttelte ernst den Kopf.

»Die Sache heute Nacht diente nur einem Zweck: Wir sollten den Gang finden. Irgendwo unter der Ruine liegen die Überreste einer Frau! Diese müssen wir bergen und außerhalb der Burg christlich begraben! Dann ist sie erlöst!«

Sarahs Gesicht wurde lang und länger.

»In den nächsten Tagen werde ich, zusammen mit ein paar Männern der Bergwacht in den Tunnel einsteigen, um herauszufinden wo er mündet. Du kannst gerne mitkommen, wenn du willst!«

Natürlich wollte sie mit.

*

Drei Tage später standen alle, außer Erich, ratlos vor der quer verlaufenden Mauer.

Mit einem Handbesen reinigte er die Oberfläche, vor allem aber die Oberseite der in Mannshöhe angebrachten, steinernen Balkenköpfe.

Er winkte Willi, so hieß der Leiter der Bergwacht, herbei.

»Zwei sind Sicherheitsriegel, zwei die eigentlichen Sperrriegel. Das las ich in einem alten Dokument die Hochburg betreffend. Willi, auf mein Kommando bitte den rechten Balkenkopf mit aller Kraft herausziehen, während ich den linken Balkenkopf hineindrücke. Zwei deiner Männer müssen diese beiden Steine voll hinein drücken, bevor wir an die Balkenköpfe gehen! Alles verstanden?«

Und an den Kameramann gerichtet:

»Sie treten als erster ein und Filmen was das Zeug hält! Du, Sarah, machst anschließend Fotos!«

Er sah sich kurz um, dann:

»Auf Drei geht es los! Eins-Zwei-Drei!«

*

Eigentlich wusste er selbst nicht, was er erwartet hatte, aber als das Tor knirschend aufschwang, sah er seine Erwartungen mehr als erfüllt. Ein gut zwanzig Quadratmeter großer Raum.

Golden schimmerndes Geschirr, Kerzenständer und jede Menge verschiedener Münzen.

Und daneben, die Herrin des Schatzes. Zumindest ihr Skelett,

Zuerst wurde alles genau gefilmt und fotografiert. Anschließend ein Gruppenbild der vier Männer von der Bergwacht. Und noch eine Aufnahme von Sarah und ihm.

Auf sein Anraten hin, hatte Willi einen Leichensack für Kinder mitgebracht, in den sie vorsichtig das Skelett packten.

Drei der Männer hatten große Rucksäcke dabei. Sie mussten mehrmals laufen, um den Schatz aus dem Raum zu schaffen.

Schweigend verließ sie den nun leeren Raum.

Willi sprach eindringlich mit seinen Männern. Der Schatz gehörte nach Landesrecht dem Staat! Auf zum Landratsamt!

*

Gestern hatten sie Edelfrau zu letzten Ruhe gebettet. Sarah und er, sowie die Männer der Bergwacht, begleiteten die ›Edle Frau‹ auf ihrem letzten Weg.

»Vater unser ...«

*

Eine kleine Notiz in den Regionalzeitungen, kaum beachtet:

›In einem verfallenen Stollen entdeckte ein Amateurarchäologe einen vergrabenen Schatz. Mit Hilfe der Bergwacht konnte dieser geborgen und dem Landratsamt, entsprechend dem Gesetz, Funde betreffend, übergeben werden.‹

*

Sarah zog bei ihm ein. In dem bisher leer stehenden Raum brachte sie leicht ihre paar Möbelstücke unter. Der halbleere Kleiderschrank im Schlafzimmer füllte sich zusehends.

Erich hatte sich offiziell mit ihr verlobt. Sie war nur noch glücklich. Die Schatten der Vergangenheit waren längst verblasst.

Kinder? Nein Danke. Es gab viel zu viele auf dieser Welt! Sie kosteten nur Geld und Nerven und wenn man sie einmal brauchte, hatten sie gerade was anderes vor!

*

Susanne war von Sarahs Auszug durchaus angetan. Jetzt konnte ihr Freund einziehen!

*

P.S.: Die Polizei sucht noch immer nach dem ›Wilderer‹!

P.S.: Erich ging nie mehr auf die Hochburg!

Das Bergmännchen

Ein Fahrradausflug im Rahm einer Exkursion in Mineralogie und Geologie. Nicht dass dies ein Schulfach am Freiburger Gymnasium betraf, aber es war das Hobby eines Studienrats der Chemie.

Er bot in seiner freiwilligen Schul-AG sowohl Vorträge als auch praktischen Unterricht an. Dabei erklärte er die Grundlagen der Geowissenschaften, Geophysik sowie Geochemie.

Christian Werner, sechzehn Jahre alt, würde im Herbst in die elfte Klasse kommen. Frühzeitig hatte er versucht, in diese AG zu kommen. Da die Zahl der Teilnehmer auf fünfzehn begrenzt war, musste er warten. Keine Chance, der Andrang war zu groß, vor ihm standen viele, die ebenfalls mitmachen wollten, auf der Warteliste.

Als er von dieser Exkursion erfuhr, ging er zu Studienrat Mayer und bat mitfahren zu dürfen, außerhalb der AG.

Er würde auch ganz bestimmt nicht stören.

Kein Problem! Auf ein Fahrrad mehr oder weniger kam es nicht an, zumal aller Erfahrung nach der Eine oder die Andere nicht kommen würde.

*

Das Ausflugsziel war soweit wie möglich die Dreisam hochzufahren und ihre Quelle aufzusuchen. Ein großformatiges Foto der Quelle würde sich, in der Schule aufgehängt, sicherlich gut ausmachen.

In Kirchzarten hielten sie auf einer Brücke der Stegener Straße an.

Keine hundert Meter vor ihnen, in Richtung Osten, flossen zwei Bäche ineinander.

»Welcher der beiden Bäche ist die Dreisam?«, fragte einer der Schüler.

»Keiner!«

Verdutzt fragende Gesichter.

Der Lehrer lachte.

»Der von Norden kommende Zufluss heißt Wagensteigbach, der von Süden ist der Rotbach, auch Höllenbach genannt. Hier, am Zusammenfluss, entsteht die Dreisam! Somit gib es keine ›Dreisamquelle‹. Manche streiten sich darüber, ob die Dreisam überhaupt ein ›Fluss‹ ist, sondern eher ein Kanal. Geführt in künstlichen, befestigten Uferdämmen.«

Einen Moment schwieg er.

»Brigach und Breg bringen die Donau zu Weg. Hier existiert allerdings in Donaueschingen eine offizielle Donauquelle, eine sogenannte Quellfassung. Für uns im Moment unwichtig. Wir fahren jetzt am Wagensteigbach entlang. Weiter oben gibt es eine schöne Stelle, an der wir Rast machen. Also los!«

*

Weiter oben hieß noch einige Kilometer.

Ab er es hatte sich gelohnt. Der Wagensteigbach floss ebenfalls recht gezähmt zwischen Bäumen dahin.

An einer Stelle war das Ufer ausgebrochen und bildete nun einen flachen Bereich, umrahmt von einer Wiese. Jetzt, im Hochsommer, war der Wasserstand niedrig, sodass viele Steine zum Vorschein kamen. Hier legten sie eine ausgiebige Rast ein. Auf mitgebrachten Decken ließen sie sich im Gras nieder, einige legten sich flach hin und schlossen die Augen,

Im Prinzip bildeten sich drei Gruppen. Die kichernden, plappernden Mädchen, die müde dasitzenden Jungs und

104

eine Einmanngruppe, nämlich er, etwas seitlich sitzend. Da er bisher niemanden kannte, saß er in gut zwei Meter Abstand entfernt. Sein Blick glitt über den Bach und blieb an einen im eiförmig erscheinenden Stein hängen, auf dem sich soeben eine Bachstelze niederließ. Sein Interesse war geweckt. Er stand auf und trat so nah wie möglich an den überaus seichten Bach.

In Sekundenschnelle entledigte er sich seiner Schuhe, krempelte die Hosenbeine hoch und watete vorsichtig zu dem Stein. Woraufhin der Vogel umgehend abhaute.

Den Stein war überraschend leicht.

Er drehte sich um und staunte. Alle hatten sich aufrecht hingesetzt und sahen ihm zu.

Am Ufer angekommen ging er zum Studienrat und hielt ihm den Stein hin.

»Bitte, Herr Mayer, können Sie mir sagen, was das für ein Stein ist?«

Dieser nahm in hoch, wog ihn prüfend in der Hand und ging zu seinem Fahrrad. Aus der Satteltasche entnahm er einen Geologenhammer. Inzwischen lief Christian zurück zum Ufer und zog seine Schuhe wieder an.

Der Studienrat klopfte mit der flachen Hammerseite gegen den Sein. Irgendwie klang es hohl.

Vorsichtig hämmerte er nun mit der Hammerspitze in der Mitte auf den Stein, kleine Stückchen rund herum abschlagend.

Es entstand eine immer tiefer werdende Rille.Alle sahen gespannt zu.

»Fred! Hole mit bitte einen faustgroßen Stein!«

Der tat wie ihm geheißen. Alle hielten den Atem an, als der Lehrer den Stein auf eine Hälfte des bearbeiteten Steines schlug. Der brach in zwei Teile.

»Wow!«

Das Licht der Sonne brach sich funkelnd in unzähligen, verschieden großen, violetten Amethyst- Kristallen.

Alle waren begeistert.

Christian jedoch ... für einen Moment durchzuckte es ihn wie in Blitz!

Er wusste es nicht, aber dieser Anblick legte seine Zukunft fest!

»Setzt euch bitte im Halbkreis vor mich hin!«

Der Studienrat nutzte den unverhofften, aber hochwillkommenen Fund zu einer Livevorlesung.

Dann unterlief ihm ein kleiner Fehler:

»Oft sind noch weitere Drusen ganz in der Nähe.«

Eine Minute später war er mit Christian allein. Die Schüler suchten alle im Bach nach Drusen. Das Ergebnis übertraf die Erwartungen. Von faustgroß bis zu fünfundzwanzig Zentimetern Durchmesser.

Ein einzigartiges Resultat!

Herr Mayer beendete nach einer Stunde die Herumplantscherei im kalten Wasser.

»Schluss jetzt! Wir brechen ab, bevor sich noch jemand erkältet! Bringt die Geoden morgen in die Schulwerkstatt. Dort steht eine Steinsäge. Lasst die Drusen fachmännisch öffnen!«

*

Christians Eltern erkannten ihren Sohn nicht wieder.

Bisher brachte er wenig Interesse an der Schule auf. Wozu auch? Wie viele Jugendliche in seinem Alter wusste er nicht, was er spät einmal werden wollte. Entsprechend mittelmäßig fielen auch seine Zeugnisse aus.

Aber neuerdings trieb er sich nicht mehr ziellos herum.

In Antiquitäten-Geschäften suchte er nach Büchern über Geologie und Mineralogie. Bei den bisherigen, für ihn todlangweiligen Wochenendausflügen, bat er seine Eltern Ziele wie Besucherbergwerke, es gab sehr viele im Schwarzwald, und begehbare Höhlen aufzusuchen. Sie machten gerne mit.

Mit seinem, zugegebenermaßen nicht besonders hochwertigem Smartphone, fotografierte er, was ging. Mit einem unhaltbaren Ergebnis.

Scharfe Nahaufnahmen, sogenannte Makrofotos, waren nicht möglich. Auch Weitwinkelaufnahmen fielen enttäuschend aus. Das Blitzlicht des Handys war viel zu schwach!

Der Studienrat, welcher die AG leitete, merkt sehr schnell, dass Christian sich ernsthaft für Mineralogie interessierte, nahm Christian in die Gruppe auf. In einem diskreten Gespräch bot er ihm Hilfe an. Er machte ihm auch klar, dass seine bisherigen schulischen Leistungen keinesfalls genügten, um sein Ziel, nämlich Mineralogie zu studieren, zu erreichen. In zwei mit ›ausreichend‹ bewerteten Fächern sorgte er dafür, dass Christian professionelle Unterstützung erhielt.

*

Seine Noten wurden besser und besser.
Ohne, dass das Lernen in Stress ausartete.
Lediglich gezielter und und konzentrierter.
Dann kam Weihnachten.
Unterm Baum lagen mehrere Päckchen, welcher durchnummeriert waren. Für einen Moment sah er seine Eltern fragend an. Dies nickten ihm zu und seine Mutter deutete auf Päckchen Nummer ›eins‹.

Ganz schön schwer. Er zitterte vor Aufregung, als er erkannte, was darin war:

Eine teure, hochauflösende, digitale Spiegelreflexkamera mit einem hochwertigen Objektiv und einer Brennweite von fünfundfünfzig Millimeter. Seine Hände zitterten. Das Nächste enthielt ein lichtstarkes Makro-Objektiv. Danach kam ein super Weitwinkel-Objektiv.

Alles, was er sich im Geheimen erträumt hatte! Doch das war noch nicht alles! Im dritten lag ein genau zum Makro passender Ringblitz. Das zusätzliche, leistungsstarke Blitzgerät mit verstellbarem Reflektor brachte ihn um die Fassung. Weinend umarmte er seine Eltern, einen kaum verständlichen Dank stammelnd.

*

Christians Vater war ein gut verdienender Diplom Ingenieur, Abteilungsleiter in einem Großkonzern. Seine Mutter eine Bankbetriebswirtin an einer internationalen Bank. So gesehen waren die Ausgaben für eine gute Fotoausrüstung kein Problem.

Auch die Kosten für ein Studium ihres Sohnes, nach gut bestandenem Abitur, waren durchaus tragbar.

Zu seinem achtzehnten Geburtstag schenkten sie ihm einen nagelneuen Fiat Panda 4x4, ein allradgetriebenes Auto. Genau richtig, um selbst steile Feld- und Waldwege zu meistern. Auch wenn Christian viele aufgegebene Steinbrüche aufsuchte, vernachlässigte er die Schule keinesfalls. Seine Eltern waren stolz auf ihn!

Studienrat Mayer aus der Mineralien AG wurde mehr und mehr zu seinem Mentor. Er ermunterte ihn, einen Bildband mit seinen schönsten Mineralien- und Bergwerkfotos heraus zu bringen.

Er wunderte sich, wie positiv sein Buch angenommen wurde!

Dann war es soweit! Das Abitur! Mit einer Durchschnittsnote von Eins bis Zwei bestanden.

Somit stand seinem geplanten Studium nichts mehr im Weg!

*

Acht Semester später hatte er geschafft. Es gab keinen Grund daran zu zweifeln, dass er ein sehr gutes Staatsexamen ablegen würde.

Aber bis dahin war noch etwas Zeit.

Er ging zum Fakultätsleiter und erklärte ihm seinen Wunsch. Dieser nickte verständnisvoll.

»Es gibt nur einen rechtlich einwandfreien Weg! Das Landesamt für Geologie, Rohstoffe und Bergbau im Regierungspräsidium Freiburg! Wenn du möchtest, Christian, vermittle ich dir einen Termin beim zuständigen Beamten. Wir kennen uns gut, sodass er sicherlich zustimmen wird!«

Christian bedankte sich hocherfreut.

*

Zwei Wochen Später war es soweit. Der Beamte, er stellte sich als Herr Roth vor, begrüßte ihn freundlich und bat ihn, sich zu setzten.

»Junger Mann, mir wurde berichtet, dass sie in den Besucherbergwerken in die für normale Besucher gesperrten Nebenstollen möchten.« Er wies auf Christians zwei Bücher, welche vor ihm auf dem Tisch lagen.

»Kann ich davon ausgehen, dass es sich um weitere Bücher dieser Art handelt?«

Christian nickte zustimmend.

»Nun, Herr Werner, wir haben uns genauer über Sie informiert. Bitte erzählen Sie mir, warum Sie unbedingt in die Nebenstollen möchten!«

»Ganz einfach! Mein nächstes Buch stellt das Bergwerk in den Mittelpunkt. Die Mineralien stehen an zweiter Stelle! Doch zurück zum Bergwerk. Im Hauptgang sind durch die Treppen und Geländer für die Touristen alles verbaut. Sie sehen die Stollenwände kaum noch. Übrig bleiben nur die langweiligen Stollendecken. Zweitens gibt überall Leuchten und Scheinwerfer, die alles überstrahlen. Drittens laufen Ihnen die Besucher andauernd ins Bild und letztendlich blitzen deren Handys ununterbrochen. Wenn Sie endlich ein Motiv gefunden haben, stellen sich alle dazu und wollen auch mal! Das hält die Führung auf und die Führer sind sauer!«

Christian schwieg verbittert einige Sekunden, ehe er fortfuhr:

»In den Seitengängen kann ich meine Fotoausrüstung ungestört aufbauen, in aller Ruhe Testaufnahmen machen, anhand deren ich die Einstellungen optimieren kann. Vielleicht finde ich auch, sozusagen als Sahnehäubchen, ein paar Kristalle, welche von sogenannten ›Sammlern‹ noch nicht beschädigt wurden!«

Herr Roth hörte aufmerksam zu. Als Christian schwieg, sah er sekundenlang wortlos vor sich hin.

Dann drückte er eine Taste an seiner Sprechanlage.

»Frau Ringbach, bringen Sie mir bitte die Bescheinigung für Herrn Werner, danke!«

Keine zwei Minuten später las er mit zitternden Händen:

-- Landesamt für Geologie, Rohstoffe und Bergbau im Regierungspräsidium Freiburg.

... Bescheinigung ... Herr Christian Werner ist berechtigt während der Öffnungszeiten das gesamte Bergwerk mit bis zu drei Helfern, ohne jegliche Einschränkungen zu betreten. Dies umfasst ausdrücklich auch die für die Allgemeinheit gesperrten Bereiche. Eine Eintrittsgebühr wird nicht erhoben ... arbeitet im Auftrag des Regierungspräsidiums und ... Freiburg, den --

Christian vermochte den Text nur bruchstückhaft zu erfassen. Die Zeilen verschwammen vor seinen Augen.

Beim zweiten Mal lesen hatte er es begriffen.

Danach fragte er:

»Sie hatten schon alles vorbereitet? Aber warum ...?«

Sein Gegenüber antwortete ernst.

»Wir sehen in engem Kontakt mit den Universitäten. Diese beobachten, ob es möglicherweise für uns geeignete Absolventen gibt. Viele wollen nur eine gut bezahle Stellung in der freien Wirtschaft. Sie übersehen, dass es dort mit ihrer Freiheit zu Ende ist! Sie bekommen eine Aufgabe zugeteilt, egal ob diese ihren Neigungen entspricht oder nicht. Von diesem Augenblick an stehen sie unter Zeitdruck. Schnelle Ergebnisse im Sinn des Unternehmens werden erwartet. Die Konkurrenz schläft nicht! Bei uns ist das Gehalt geringer, aber die Freiheit größer. Wir bieten eine breite Palette an interessanten Möglichkeiten. Und wenn Sie eine Doktorarbeit machen wollen, kein Problem! Wie ihre Bücher zeigen, sind Sie nicht der aufs Geld versessene Typ, sondern in erster Linie an der reinen Mineralogie und Geologie interessiert. Denken sie mal darüber nach!«

Er zeigte auf das Dokument.

»Ich wünsche Ihnen viel Erfolg und freue mich auf Ihr nächstes Buch!«

*

Sommersemesterferien ...

Lisa liebte ihren Job.

Gegen ein Taschengeld und freies Essen und Trinken am Kiosk beim Bergwerk, führte sie tagtäglich, praktisch auf freiwilliger Basis, Besuchergruppen durch das Bergwerk. Ob Schulklassen oder Touristen, sie leitete diese durch die unterirdische Welt.

Ansonsten studierte sie an der pädagogischen Hochschule in Freiburg.

Ihre Eltern waren durchaus gut situiert und boten ihr während der Ferien eine Luxuskreuzfahrt an.

Aber sie lehnte ab. Viel zu langwellig, nichts für sie. Zumeist ältere Personen, vorwiegend am Essen und Trinken in Form ausladender Buffets interessiert. Ansonsten herumliegen, ausruhen, schlafen bis zum nächsten Dinner.

Sie hingegen mochte die Majestät der unterirdischen Stollen, das Klingen herabfallender Wassertropfen, das dezente Rieseln der Stollen Entwässerung.

Dann wiederum genoss sie die lautstarke Bewunderung des Bergwerkes durch die Besucher, gleichgültig ob Kinder, Schüler oder Erwachsene.

Mit anderen Worten, sie war rundum zufrieden.

Doch heute ...

Obwohl das Bergwerk für Besucher erst ab neun Uhr geöffnet war, wartete dieser schon seit einer halben Stunde. Als Frau Becht die Kasse öffnete, erhob er sich schell und löste eine Eintrittskarte. Erst jetzt, als er auf sie zukam, bemerkte sie den großen Rucksack.

Als er an ihr vorbeiwollte, trat sie ihm in den Weg.

»Halt! Führungen erst ab fünf Personen!«

Er sah sie gleichgültig an, griff in seine Brusttasche und zog eine Art Ausweis heraus. ›Regierungspräsidium Freiburg‹ stand darauf.

»Geben Sie den Weg frei! Ich bin während der der offiziellen Öffnungszeiten berechtigt, das Bergwerk ohne Einschränkungen zu betreten!«

Die Frau sah ihn kampflustig an.

»Sie kommen hier allein nicht rein! Nur mit einer Führung!«

Der Mann antwortete nicht, sondern griff wortlos zum Handy und wählte. Nach ein paar Sekunden:

»Guten Tag Herr Walter. Hier spricht Christian Werner. Ja, nein, nein! Nichts passiert! Nur eine übereifrige Mitarbeiterin, die anscheinend nicht lesen kann oder nichts begreift. Führt sich auf wie Cerberus und versperrt mir den Weg. Einen Moment, ich gebe sie ihnen gleich.«

Er reichte ihr das Gerät. Als sie den Namen ›Walter‹ hörte, wurde ihr mulmig zumute.

Ob sie einen Fehler begangen hatte?

Das Gespräch dauerte kaum eine Minute. Geknickt und wortlos gab sie den Weg frei und das Handy zurück. Gleichgültig nahm der Mann es wieder an sich. Ohne sie eines Blickes zu würdigen, schritt er in den Stollen.

Christian freute sich. Endlich in aller Ruhe Fotos schießen, dabei waren keinerlei Störungen durch lästige Personen zu erwarten!

*

Für einen geübten Einbrecher wie ihn war das alte Kastenschloss wirklich eine Kleinigkeit. Hinter dem Tor gab es auch nichts zu stehlen, sondern es diente nur dazu, Vorwitzige von den Gefahren des Stollens fernzuhalten.

Er, Horst Maier, war sozusagen ›beruflich‹ hier.

In einer nicht gerade vornehmen Kneipe hatte ihn ein Unbekannter angesprochen und hundert Euro in die Hand gedrückt. Als Anzahlung hatte er gemeint. Die Aufgabe schien ihm recht einfach. Nachts in ein Besucherbergwerk eindringen, den in einem Seitenstollen, einen in einem Schacht versteckten Sack bergen. Dieser hing an einem, am Rand des Schachtes befestigtem Seil. Das Gewicht des Sackes lag bei rund zwanzig Kilogramm.

Kein Problem.

Im Schein der Blendlaterne öffnete er das Tor und huschte hinein, gleich darauf das Tor von innen wieder verschließend.

Dank der mitgelieferten Skizze fand er den Schacht innerhalb von drei Minuten. Ein kräftiges Seil, an einem Stück der alten Stollenverschalung befestigt, hing in die Tiefe.

Gerade als er den Sack hochziehen wollte, erfasste ihn die Gier. Lagen dort unten vielleicht noch mehr wertvolle Säcke? Wenn er sich nun am Seil herabließe? Einfach nur so mal nachsehen?

Gedacht, getan! Er kam nicht weit. Die morsche Verschalung brach unter seinem Gewicht zusammen und er fiel haltlos in die Tiefe.

Ein harter Aufprall und Horst blieb bewusstlos liegen.

*

Christian entnahm seinem Rucksack ein stabiles Stativ, schraubte es zusammen und setzte die Kamera mit dem Weitwinkelobjektiv darauf. Auf die Kamera schraubte er dann das Hochleistungsblitzlicht, zwei kleine Stative, rechts und links daneben aufgestellt, trugen je ein Sekundärblitzlicht.

Erstmalig in dieser Form aufgebaut, genoss er den Moment des Auslösens! Für einen Augenblick war der Stollen hell ausgeleuchtet.

Verwundert horchte er auf. Ein kaum vernehmbarer Hilferuf, von weiter drinnen im Stollen her kommend.

Sicherheitshalber stellte er eine brennende Grubenlampe zu seiner Foto-Ausrüstung. Mit Hilfe einer starken Taschenlampe, den Weg vor sich ausleuchtend, schritt er vorsichtig tiefer und tiefer in den Stollen. Ein Schacht tat sich vor ihm auf. Mehrere Meter davor blieb er stehen.

»Hallo, hallo!«

Die Antwort kam gleich: »Hilfe, Hilfe!«

Da unten lag jemand, abgestürzt!

»Ich hole Hilfe! Bis gleich!«

Jetzt galt es keine Zeit zu verlieren. Er ließ alles stehen und liegen und lief schnell ins Freie und setzte sich auf eine Bank.

Notruf 112.

»Rettungsleitstelle. Was kann ich für Sie tun?«

»Hier spricht Christian Werner. Im hiesigen Besucherbergwerk ist jemand in einen tiefen Schacht gestürzt, höchstwahrscheinlich schwer verletzt und ruft um Hilfe! Er muss aus dem Schacht geborgen und ärztlich versorgt werden!«

»Wo befindet sich das Bergwerk?«

Er nannte den Namen, die nächstgelegene Ortschaft und beschrieb den Zufahrtsweg.

»Bitte bleiben Sie am Unfallort, um unsere Leute einzuweisen! Lassen Sie ihr Gerät eingeschaltet und geben Sie uns noch ihre Handynummer! Danke!«

Keine fünf Minuten später, hörte er erste Sirenen das Tal hochkommen. Kurz darauf bog ein Streifenwagen um die letzte Kurve und kam heran. Allerdings nicht ganz, sondern um Platz für die Rettungsdienste frei zu lassen.

Zwei Polizisten stiegen aus.

Christian stand auf und ging Ihnen entgegen.

»Haben Sie Lampen dabei?«

Sie nickten und folgten ihm wortlos, auch als er in den gesperrten Stollen einbog.

Die Grubenlampe neben seinen Geräten beleuchtete alles ausreichend.

»Meine Fotoausrüstung!«

Ab sofort ging er langsam und vorsichtig weiter.

Dann hielt er an. Im Licht seiner Taschenlampe konnte man den mehrere Meter vor ihnen liegenden Schacht gut erkennen.

Leise Hilferufe waren zu hören.

»Dort unten! Treten Sie ohne Sicherungsleine nicht näher heran! Lebensgefahr!«

Christian drehte sich um und verließ den Unglücksort.

Draußen setzte er sich wieder auf die Bank, mit geschlossenen Augen abwartend.

Zwei Feuerwehren kamen angeschossen, sowie weitere Streifenwagen, die alle Neugierigen aus dem Stollen wiesen.

Endlich kam der Krankenwagen mit dem Notarzt.

Einer der Feuerwehrleute empfing ihn und sprach auf ihn ein. Woraufhin der Arzt nur eine kleine Tasche mitnahm. Später erfuhr er, dass der Verunglückte, wenn man ihn anfasste, vor Schmerzen laut schrie. Außerdem war im Schacht kein Platz für eine Trage, sodass er mit einem Rettungsgürtel hochgezogen werden musste. Der Notarzt wurde abgeseilt und spritzte ein starkes Betäubungsmittel. Rund zehn Minuten später setzte die

Wirkung ein. Der Arzt wurde wieder hochgezogen und zwei Männer der Feuerwehr ließen sich hinab. Auch wenn der Mann laut schrie, legten sie ihm den Gurt um. Eine Minute später war er geborgen und lag angeschnallt auf einer Trage. Jetzt wurde er zum Transport zum und im Krankenwagen zurechtgemacht.

Die Knochenbrüche wurden vorläufig geschient, eine Infusion angeschlossen. Alles in allem vergingen gut zwanzig Minuten, bis er zum Krankenwagen gebracht wurde.

Christian sah aufmerksam zu.

Nun ja, es war jetzt Zeit, in den Stollen zurückzugehen, um seine Fotoausrüstung zu holen. In diesem Moment traten die beiden Polizisten, welche zuerst ankamen, die drei Stative, das Grubenlicht und seine Fotoausrüstung sowie den Rucksack bringend, an seinen Tisch.

»Danke, dass Sie so rasch und gezielt handelten! Der Mann verdankt Ihnen sein Leben. Aber wieso missachteten Sie das Schild ›Betreten verboten‹?«

»Um zu fotografieren, was sonst?«, antwortete er trocken.

Bevor sich der Polizist sich aufregen konnte, hielt er dem Mann seinen Ausweis hin.

Der las und reichte es an seinen Kollegen weiter. Danach entschuldigte er sich.

»Alles in Ordnung, Herr Werner! Sie können allerdings heute nicht mehr in das Bergwerk. In einigen Stunden kommen Bergleute aus der Grube Clara bei Wolfach. Diese schütten den Schacht mit Abraum zu. Ach, ja, falls es Sie interessiert, in dem Schacht befinden sich noch mehrere Säcke mit Rauschgift. Unser Unglücksrabe ist ein bekannter Kleinganove und sollte sicherlich für jemanden die heißen Kastanien aus dem Feuer holen!«

Christian nickte verstehend. Wenn man den Schacht nicht umgehend unschädlich machte, würden sowohl neugieriger Besucher als auch Sensationsreporter umgehend in den Stollen vordringen. Weitere Verunglückte? Nein danke!

*

»Darf ich mich zu Ihnen setzen?«

Er nickte. Sie ließ sich ihm gegenüber nieder.

Was ihm bisher noch nicht aufgefallen war, sie war wirklich ausgesprochen hübsch. Fast hätte er gedacht, zum Verlieben.

»Ihr Ausweis, ich habe noch nie so einen gesehen. Deswegen hielt ich ihn für eine der üblichen Fälschungen. Immer wieder versuchen alle möglichen Typen mit Pseudoausweisen, in die gesperrten Bereiche zu kommen. Als ich vorhin meinen Chef anrief und mich wegen ihres Ausweises erkundigte, wich er aus. Rein rechtlich hätte ich Sie nicht mit Gewalt am Betreten hindern dürfen, sondern so, wie bisher, die Polizei rufen, um die Person aus den Nebenstollen zu holen. Alle hoffen, dort Silber oder Halbedelsteine zu finden. Sie tragen einen genauso großen Rucksack wie diese. Zum unauffälligen Abtransport ihrer ›Beute‹. Die wissen alle ganz genau, dass wir sie nicht durchsuchen dürfen. Dass wir sofort die Polizei rufen, ahnen sie nicht. Wenn sie die Stollen verlassen, werden sie von zwei Beamtinnen oder Beamten angehalten und nach ihren Personalausweisen gefragt. Haben sie keinen dabei, nimmt man sie mit zur Wache. Manche toben, beschimpfen die Polizisten oder werden handgreiflich. Was letztendlich zu weiteren Anzeigen führt. Auf die Idee, dass Sie der bisher einzig befugte Besucher sind, kam ich nicht mal im Traum!«

Lisa schwieg.

Nun ja, das erklärte alles.

»Wie heißen Sie?«

»Lisa Lindner und Sie?«

»Christian Werner. Ihre Bank hier ist mir zu hart. Wenn Sie nichts vorhaben, ihr Bergwerk ist geschlossen, würde ich Sie gerne zum Mittagessen einladen. Da können wir uns in aller Ruhe unterhalten. Einverstanden?«

Einer der beiden Polizisten, welche von Anfang an dabei waren, trat zu Lisa:

»Frau Lindner! Das Bergwerk ist für längere Zeit geschlossen! Die Kripo will den Schacht genauer untersuchen. Rauschgiftfahndung. Ihnen beiden einen schönen Tag noch!«

Er stieg zu seinem Kollegen ins Auto und sie fuhren ab.

Christian zerlegte seine Fotoausrüstung und packte alles wieder sorgfältig in den Rucksack.

»Beim Essen können wir uns in Ruhe unterhalten. Hinterher geht es, wenn Sie möchten, zu einer kleinen Schwarzwaldrundfahrt!«

Fragend sah er sie an.

»Wohin?«

»Zuerst nach Fröhnd, zur Klopfsäge! Auf dem Weg dorthin, in einem Gasthof einkehren. Anschließend über die B-500 nach Furtwangen ins Uhrenmuseum, Kaffee trinken, danach geht es zurück nach Freiburg.«

Lisa nickte zustimmend. Sie hatte inzwischen auch Hunger.

An einem einladend aussehenden Lokal hielten sie an: ›Gut bürgerliche Küche‹ stand groß angeschrieben auf einer Tafel.

Nichts wie rein!

*

»Ihr Ausweis ist der Einzige dieser Art?« Lisa fragte ungläubig. »Wie sind sie zu diesem gekommen?«

»Ganz einfach! Um einen Bildband über Bergwerke zu schreiben, muss man neue Bilder bringen, nicht diejenigen, die offiziellen, die jeder kennt! Ein Bekannter vermittelte mir ein Gespräch mit dem zuständigen Beamten im Präsidium. Die einzige Bedingung, er will einen Vorabdruck sehen. Er war sehr großzügig. Aus dem Stollen darf ich sogar Gesteins- und Mineralienproben mitnehmen, so viel ich tragen kann.«

Sie dachte nach.

»Was sind Sie eigentlich von Beruf?«

Nachdenklich sah er sie an, ehe er wahrheitsgemäß antwortete.

»Ich habe noch keinen Beruf!« Ehe sie genauer einhaken konnte, meinte er:

»An der Uni Freiburg studiere ich Geologie. Erst nach bestandener Prüfung entscheide ich mich, welchen Weg ich einschlagen werde!«

Die Wirtin servierte das Essen, sodass das Gespräch vorübergehend unterbrochen wurde.

Sollte sie oder nicht? Dann siegte ihre Neugier. Scheinbar harmlos fragte sie:

»Haben Sie eigentlich, bei ihrem Hobby, eine Freundin, die Sie unterstützt?«

Er sah sie aus schmalen Augen an. Natürlich roch er den Braten.

»Für zwei Tage hatte ich eine. Sie wollte unbedingt ›so ein romantisches Bergwerk‹ besichtigen. Was man auf den Flyern nicht sieht, sind die Wege voller Lehm. Ende einer Freundschaft. Da sie alles ihren Freundinnen und Bekannten erzählte, diese vor mir warnte, habe ich seitdem Ruhe. Wirklich, ein sehr positiver Nebeneffekt.«, schloss er.

»Ach was soll es, das Thema Frauen ist für mich abgehakt. Sie nerven nur!«

Ein Blick auf die Uhr, dann winkte er die Bedienung herbei und bezahlte.

»Jetzt geht es erst ein Mal weiter nach Fröhnd!«

*

Nun, ja, so beeindruckend wie gedacht, war die Klopfsäge wirklich nicht.

Zumal sie derzeit nicht in Betrieb war.

Die Sonne war durch eine Wolke verdeckt, alles grau in grau.

Sie sahen sich an, drehten sich wie auf ein Kommando um, und gingen zurück zum Auto.

Christian schaltete das Navi an und tippte ›Furtwangen‹ ein.

»Hm, eine Stunde und zwanzig Minuten Fahrzeit. Am Windgfällweiher steht die ›Köhlerei am See‹. Dort gibt es Kaffee und Kuchen. Einverstanden?«

Lisa stellte besorgt fest, dass sich das Wetter verschlechterte.

Christian war zu langsamer Fahrweise gezwungen.

»Tut mir leid Lisa, ich breche den Ausflug ab! Bei nächster Gelegenheit fahre ich in Richtung Freiburg. Sobald ein Gasthof auftaucht, halten wir an und warten ab, bis der Regen nachlässt.«

Sie nickte zustimmend.

»Dort, dort vorne!«

Christian fuhr direkt vor die Tür. Lisa stieg aus und huschte ins Gasthaus, während er einen Parkplatz suchte. Leicht durchweicht kam er Minuten später an. Er setzte sich zu Lisa und studierte die Speisekarte. Eine Hühnerbrühe mit einem Schinkenbrot?

»Haben Sie schon etwas gefunden?«

Sie hatte.

Gerade als das Essen kam, hörte der Regen auf.

»Wenn es Ihnen nichts aus macht, fahre ich Sie nachher gerne direkt vor die Haustür. Falls Sie mir sagen wo Sie wohnen.«

Schau an, in Kenzingen, weit weg von seinem Zuhause.

Damit lief er keine Gefahr, ihr je wieder über den Weg zu laufen. Sie war wirklich anziehend, aber eine Freundin war das Letzte, was er derzeit brauchen konnte.

Lisa schien tief in Gedanken zu sein, sodass der Rest der Fahrt ziemlich schweigend verlief. Das Ortsschild tauchte auf.

»Bitte, in die vierte Straße rechts abbiegen. Lassen Sie mich dann an der zweiten Kreuzung aussteigen.«

Kein Problem. Machte er doch gerne. An der gewünschten Ecke angekommen, stieg er aus, holte Lisas Rucksack aus dem Kofferraum und gab ihn ihr. Dann reichte er ihr seine Hand.

»Machen sie es gut. Ich wünsche Ihnen noch einen schönen Tag!«

Ohne ihr Gelegenheit zu einer Antwort zu geben, stieg er ein und fuhr los. Mit offenem Mund sah sie ihm fassungslos hinterher. Was für eine verpasste Chance, aber sie war sich sicher, dass sie ihn bald wiedersehen würde!

*

Zu Hause wurde sie bereits erwartet.

»Hallo Lisa! Dein Chef, Herr Harter, hat schon mehrfach besorgt angerufen und gefragt, wie es dir geht. Ist was passiert?«

»Ein Mann ist heute Nacht in einem verbotenen Nebenstollen in einen Schacht gestürzt. Ein Fotograf hat dessen Hilferufe gehört.«

Sie erzählte, was sie wusste.

»Anschließend nahm er mich zum Essen mit. Danach besichtigten wir die Klopfsäge in Fröhnd. Nichts Besonderes. Er wollte noch ins Uhrenmuseum in Furtwangen, aber das fiel wegen des Starkregens aus. Als es zu sehr schüttete, hielten wir an einem Gasthof an und warteten das Ende des Unwetters ab. Das war alles!«, schloss sie.

Schau mal einer an! Bisher war sie noch nie mit einem der Volldeppen, wie sie die Männer in ihrem Alter nannte, in dessen Auto mitgefahren. Ob vielleicht ... ?

»Wie hieß denn der Fotograf?«, fragte ihre Mutter.

»Christian Werner, glaube ich.«

Ihre Mutter wunderte sich.

»Von dem hast du doch zwei Bildbände über Mineralien, oder?«

Lisa schluckte und schluckte. Mann war sie vernagelt.

Deshalb kam ihr der Mann irgendwie bekannt, fast konnte man sagen vertraut vor!

Na warte, dachte sie, wenn ich Dich wieder erwische!

*

Auf einer Bank im Park, im Schatten sitzend, dachte er nach, ließ die Vergangenheit Revue passieren.

Gleich nach dem Abitur ...

Er erkundigte sich ausführlich, studierte Stellenangebote. Sein Wunsch, Mineralogie? Brotlose

Kunst! Geologie? Auch nicht viel besser. Beides zusammen reichte für eine gesicherte Zukunft noch immer kaum aus.

Also gab es nur eine Lösung. Hauptstudium Bergbauingenieur, die Studiengänge Mineralogie und Geologie als Zweit- und Drittstudium zusätzlich. Es würde hart werden, zudem einige Jahre dauern.

Ein langes Gespräch mit seinen Eltern.

Egal welche Zeit er benötigen würde, er dufte bei ihnen wohnen bleiben, mit Rundumversorgung im ›Hotel Mama und Papa‹ inclusive Studienkosten.

Ebenfalls Steuer und Versicherung sowie die Benzinkosten. Er war das einzige Kind. Sie konnten es sich leisten, sein Studium zu finanzieren.

Er dankte es mit Fleiß und guten Noten.

Dann war es so weit!

Drei Staatsexamen, eines als Bergbauingenieur, ein Zweites in Mineralogie und ein Drittes in Geologie!

Inzwischen war er einunddreißig Jahre alt. Zeit, sich nach einer Arbeitsstelle umzusehen.

Als Erstes telefoniert er mit Herrn Roth vom Präsidium und bat um einen Gesprächstermin.

In zwei Tagen hatte dieser ausreichend Zeit für ihn.

*

Herr Roth begrüßte ihn freundlich und bat ihn Platz zu nehmen.

»Herr Werner, Sie haben gleich drei Diplome. Das hatten wir bisher noch nie!«

Herr Roth stellte das zufrieden fest. Er war nun seinerseits neugierig.

»Warum schreiben Sie die freien Stellen eigentlich nicht aus?«

»Wir haben kein Interesse daran, andauernd Absagen zu formulieren. Wie machen es deshalb andersherum. Fällt uns jemand positiv auf, sprechen wir ihn von uns aus an. Sie fielen uns erstmalig mit ihren gut geschriebenen Büchern auf. Bei dem Bergwerkunfall vor ein paar Wochen wurden wir erneut auf Sie aufmerksam. Sie verhielten sich vorbildlich. Erstens leiteten Sie sofort die richtigen Maßnahmen ein und zweitens verhielten sich hinterher sehr zurückhaltend. Keine Interviews. In ein paar Tagen wären wir auf Sie zugekommen. Da Sie mich von früher kannten, kamen Sie mir jedoch zuvor.«

Nachdenklich sah Herr Roth schweigend vor sich hin, ehe er weitersprach:

»Wir bieten Ihnen Folgendes an: ein Jahr Angestellter im Referat 97, Bergbau. Sie absolvieren in dieser Zeit die notwendigen Verwaltungslehrgänge und arbeiten unter Anleitung sowohl im Innen- als auch im Außendienst. Zudem schlagen wir Ihnen mehrere Themen für eine Doktorarbeit vor. Danach Übernahme ins Beamtenverhältnis! Einverstanden?«

Er schlug ohne Zögern ein! Endgültig geschafft, war sein erster Gedanke.

*

Seit fünf Monaten arbeitete er nun im Regierungspräsidium.

Alle Kollegen waren sehr nett, halfen ihm, wo sie nur konnten, beantworteten alle sein Fragen. Anfangs begleitete er die Kollegen auf Außendienstfahrten, doch heute war er erstmalig allein unterwegs. Aufgabe: Besuch und Kontrolle eines stillgelegten Stollens in einem Weinberg, eben verlaufend, keine Schächte. Wirklich, das Kartenmaterial des Präsidiums war ausgezeichnet. Auch ein Zweitschlüssel lag bei.

Ein schmaler Einschnitt in einem Weinberg, ein gemauerter Eingang mit einer Metalltür.

Alles recht unauffällig. Außer dem Winzer, den er vorab über seinen Besuch informiert hatte, kam außerhalb der Weinlese das ganze Jahr über niemand vorbei.

Das Schloss ließ sich leicht öffnen. Rasch trat er, seine Grubenlampe brannte, in den nachtschwarzen Gang ein. Eine moderne Grubenlampe mit Leuchtdioden und Lipo-Akkus garantierte für mehrere Stunden Betrieb. Zudem er eine Zweite mit sich führte, sowie eine weitreichende Stablampe am Gürtel trug und eine weitere im Rucksack.

Darin befanden sich noch seine Fotoausrüstung, ein Pausenbrot und eine Thermoskanne mit heißem Tee. Warum, wusste er selbst nicht. Einfach so.

Laut Karte gab es zwei Nebenstollen mit jeweils einer großen Aushöhlung am Ende.

In der Linken trug er die Grubenlampe, in der Rechten eine Stablampe.

Es hatte sich gelohnt! Mehrere ausgezeichnete Fotos und zwei schöne Kristalle.

In einem der Nebenstollen stand sogar noch ein vergessener Tisch mit ein paar Stühlen. Er setzte sich. Zufrieden sah er sich um. Mit der Stablampe tastete er die Decke und die Seitenwände ab. In Gedanken stellte er den Fotoapparat und die Blitzlichter auf.

Eben wollte er sich erheben, da glomm plötzlich neben ihm ein schwaches Licht auf. Ein kleines, ganz in Grau gekleidetes Männchen, höchstens einen Meter groß, mit einem hohen spitzen Hut, stand vor ihm und bat:

»Hast du mir bitte etwas zu Essen und zu Trinken? Ich habe Hunger und Durst!«

»Aber ja, setze dich ruhig zu mir! Du kannst alles haben. Warte, ich hole es dir aus dem Rucksack!«

Das Männchen freute sich und aß beide Schinkenbrote ratzeputz auf und trank die Thermoskanne leer.

Christian sah im lächelnd zu und meinte:

»Tut mir leid, mehr habe ich nicht dabei! Wenn du wartest, fahre ich ins nächste größere Dorf und hole noch mehr!«

Das graue Männchen winkte ab.

»Nein, nein! Vielen Dank! Ich bin satt!«

Und gleich weitersprechend:

»Gib mir bitte deine Stablampe!«

Verdutzt reichte er sie dem kleinen Männchen.

Dieses richtete den Lichtstrahl nach rechts hinten. Für einen Moment blitzte ein violettes Leuchten auf.

Als der Kleine ihm seine Lampe zurückgab, lief er vorsichtig in Richtung des glitzernden Gesteins.

Echt der Wahnsinn! Amethyste in bisher nie gesehener Größe und Reinheit!

Als er zum Tisch zurückkehrte, um seinen Geologenhammer zu holen, war das Bergmännchen verschwunden. Schade, er hätte sich noch gerne mit ihm unterhalten. Vielleicht traf man sich ja mal wieder.

Zurück zum Amethyst legte er diesen vorsichtig frei. Schätzungsweise wog dieser gut und gerne zwanzig Kilogramm. Unglaublich!

Er legte ihn auf den Tisch und baute den Fotoapparat auf. Und schoss Bild ums andere. Soweit er dem Display entnehmen konnte, gelangen die Aufnahmen hervorragend.

Eine halbe Stunde später baute er alles wieder ab, packte den Rucksack ein und brachte diesen zum Auto. Anschließend holte er den Edelstein. Da dieser noch auf dem Tisch lag, war er zweifellos Realität.

Etwas mühsam schleppte er diesen zum Fahrzeug und fuhr los. Ins nächste Dorf.

Ein Lokal mit Gartenwirtschaft war jetzt angesagt.

*

Als Erstes schnitt er aus einem stabilen Karton eine Ecke aus, sodass er einen Boden und zwei Seitenwände bekam. Ausgeschlagen mit schwarzem Samt, er hatte gestern noch zwei Meter gekauft, den Stein in die Ecke gesetzt ergaben absolut reflexionsfreie Bilder.

Danach rief er seinen Chef, Herrn Burger, an und bat diesen zu kommen, sobald er Zeit hätte.

Neugierig wie der war, vergingen keine zwei Minuten, da stand er schon auf der Matte.

Der riesige Amethyst, auf dem schwarzen Hintergrund, von zwei Spotleuchte angestrahlt, brachte ihn schier um die Fassung.

»Woher haben Sie den?«

»Oh, den fand ich in dem Stollen gestern, den ich beurteilen sollte!«

Minutenlang bewunderte er den wunderbaren Edelstein.

Dann rief er, soweit anwesend, die gesamte Abteilung zusammen.

Natürlich kam die Frage auf, wem nun der Fund gehörte.

»Aufgrund der seltenen Größe dürfte der Fund einen ziemlichen Wert aufweisen!«, meinte Christian. »Daher schlage ich vor, das durch unsere Rechtsabteilung klären zu lassen! Bis dahin sollte man ihn, wie andere Exponate auch, in unserem Empfangsraum ausstellen.«

Alle nickten zustimmend und sein Chef erklärte sich bereit, die zuständige Abteilung einzuschalten.

*

In Freiburg fand, wie jeden Samstag, ein großer Markt statt.

Lisa besuchte den öfters, meist mit ihrem Vater zusammen.

Plötzlich zerrte sie ihn am Ärmel.

»Komm schnell! Dort drüben sitzt er!«

Gemütlich verzehrte er eine Currywurst, als er in einem vorwurfsvollen Ton angesprochen wurde. Die Stimme kannte er doch, oder?

»Wieso haben Sie sich nie gemeldet? Ich habe Sie überall gesucht!«

Na schön, dann halt gleich auf die harte Tour.

»Erstens, wenn man jemanden anspricht, grüßt ein höflicher Mensch. Zweitens muss ich mich bei niemandem melden oder gar rechtfertigen. Drittens ist es mir völlig egal wen oder was Sie suchen. Viertens, ihr vorwurfsvoller Ton passt mir überhaupt nicht! Ich bin keine Rotznase aus ihrer Klasse noch einer ihrer unartigen Bergwerksbesucher! Bei unserer ersten Begegnung saßen Sie bereits überheblich auf dem hohen Ross, zu dumm, um richtig zu lesen! Und anscheinend jetzt schon wieder! Sie haben keinerlei Rechte an mir oder sonst irgendeinen Anspruch. Verschwinden Sie endlich!«

Demonstrativ wandte er sich zur Seite.

»Guten Tag Herr Werner. Ich bin Robert Lindner, Lisas Vater. Darf ich mich bitte kurz zu Ihnen setzen?«

Auf diese in einem höflichen Ton gesprochenen Worte hin, drehte er sich dem Mann zu und nickte zustimmend.

»Bitte nehmen Sie Platz Herr Lindner!«

Lisa sah er erst gar nicht an.

Ihren Vater schätzte er auf Ende vierzig, einen Meter und achtzig groß, graumeliertes, volles Haar, Lachfalten, mit einem Wort, äußerst sympathisch.

»Herr Lindner, was kann ich für Sie tun?«

»Ich bitte Sie, einfach nur zuhören! Ginge das?«

Christian nickte.

»Als Sie erstmalig auf Lisa trafen, stand die Begegnung unter keinem guten Stern. Im Laufe des Tages wurde das Verhältnis anscheinend besser. Leider kam das Unwetter dazwischen. Sie beeindruckten Lisa zutiefst. Seitdem sucht sie nach Ihnen. Vorhin hat sie wieder alles falsch gemacht. Ich entschuldige mich für Lisa.«

Herr Lindner sah ihn ernst an.

»Sie kennt sich mit erwachsenen Männern nicht aus, nur mit ihren Schülern. Wenn ich Sie bitten dürfte, geben Sie ihr noch eine Chance!«

Christian hatte aufmerksam zugehört. Warum eigentlich nicht? Er seinerseits kannte sich mit Frauen auch nicht aus. Herr Lindner wollte sich erheben.

»Bitte bleiben Sie noch eine Moment sitzen, Herr Lindner.«

Zum ersten Mal sah er Lisa voll an.

»Haben Sie mir eine Visitenkarte?«

Diese nickte. Auffordernd hielt er ihr die Hand hin.

Er las und nickte zufrieden.

»Heute Nachmittag, gegen dreizehn Uhr, will ich zu einem aufgebenen Stollen fahren. Wenn Sie mitwollen, hole ich Sie ab. Allerdings nur, wenn Sie eine geeignete Kleidung und Schuhe, am besten ihre Bergmannskluft, tragen. Wenn es geht, nehmen sie bitte eine Grubenlampe und vor allem eine Stablampe mit frischen Batterien mit! Einverstanden?«

Lisa strahlte.

Auch Herr Lindner war zufrieden.

»Danke, dass Sie Lisa noch eine Chance geben!«

*

Pünktlich fuhr er an Lisas Wohnung vor. Diese erwartete ihn schon vor dem Haus. Aha, die hatte wohl Angst, dass er ihr wieder entwischte.

Sie stieg ein und gab ihm die Hand:

»Guten Tag Herr Werner, danke dass Sie mich mitnehmen!«

Er stieg aus und nahm ihr den Rucksack und die restliche Ausrüstung ab und verstaute diese ihm Kofferraum, nicht ahnend, dass er von Lisas Eltern beobachtet wurde.

»Wir nehmen die Autobahn bis Rastatt. Dann weiter über Gaggenau in Richtung Gernsbach. Danach muss das Navi helfen.«

Auf der A5 war kaum Verkehr. Kein Wunder, es war ja Samstag, kaum Lastwagen und keine Sonntagsausflügler mit Familie und Hund.

Anfangs, sie waren beide befangen, sprachen sie wenig. Ab Bühl immer mehr.

So langsam tauten die zwei auf.

Bis Gaggenau ging es einfach, zumal man dort die B-472 verlassen und die Murg überqueren konnte. Ab jetzt wurde es knifflig. Immer wieder mussten sie umdrehen, andere Wege suchen.

Zu Lisas positiver Überraschung blieb Cristian die Ruhe selbst. Immerhin fanden sie den Stolleneingang. Eine einfache, stark angerostete Gittertür. Unverschlossen. Freien Zutritt für jedermann.

Den Spuren nach zu urteilen, war hier schon lange niemand mehr gewesen. Nun, ja.

Christian zog sich um und los ging es. Lisa war unbehaglich zu Mute. Unbeleuchtete Bergwerke kannte sie bisher nicht. Da er ihr eingeschärft hatte, stets hinter ihm zugehen, war der Weg einigermaßen ausgeleuchtet. Am Ende des ersten Seitenstollens befand sich eine große

Aushöhlung. Genau richtig für Fotos. Gut zehn Minuten schoss er Bild um Bild, immer wieder den Standort wechselnd.

Irgendwas zog an seinem Gürtel. Schau an, das Bergmännchen! Er wollte es gerade ansprechen, da sah er, wie der Kleine einen Finger über den Mund hielt. Eine klare Aufforderung zu schweigen.

Plötzlich merkte er, dass Lisa das Männchen anscheinend nicht sehen konnte. Dieses griff nach seiner Hand, in welcher er die Stablampe hielt und richtete sie ein wenig zur Seite. Einen Lidschlag lang blitzte es silbern auf.

Sofort richtete er die Kamera auf das betreffende Gebiet. Hervorragend! Man konnte deutlich einen metallisch glänzenden Punkt in dem Gestein erkennen.

Als er sich bei dem Männchen bedanken wollte, war dieses verschwunden. Vorsichtig ging er zur Stollenwand. Tatsächlich, es sah aus wie Silber!

Mit dem Hämmerchen legte er das Edelmetall vorsichtig frei. Lisa war längst herangekommen und staunte.

»Wie haben Sie das gefunden?«

Nach einem kurzen Augenblick antwortete er.

»Wie wäre es, wenn wir das Sie weglassen würden. Ich heiße Christian!«

»Gerne, Lisa!«

»Gut, Lisa, auf dem letzten Foto sieht man eine helle Stelle auf dem Bild. Die Ursache dafür legen wir gerade frei.«

Vorsichtig klopfte er das Steine- und Lehmgemisch weg. Ein riesiger Silberbrocken, gut zwanzig Kilo wiegend, kam zum Vorschein.

»Lisa, glaubst du, wenn wir das in deinen Rucksack legen, sodass niemand unseren Fund sieht, du ihn nachher zum Auto tragen kannst?«

Lisa nickte stumm, sie konnte alles kaum fassen.

Christian packte seine Fotoausrüstung wieder ein und ging voraus. Nachdem sie die Rucksäcke verstaut hatten, holte Christian einen Campingtisch und zwei Stühlchen aus dem Kofferraum und baute alle hinter dem Fahrzeug auf. Aus einer Aktentasche entnahm er einige Papiere und breitete sie auf dem Tisch aus.

Überschrift:

Präsidium Freiburg, Referat 97. Bergbehörde. Begehungsbericht.

Er kam gerade noch dazu, die amtliche Bergwerksbezeichnung und das Datum einzutragen, indessen Lisa schweigend zusah.

Ein Motorgeräusch näherte sich, gleich darauf bog ein olivgrünes Fahrzeug um die Kurve und hielt an.

›Forstverwaltung‹ las Lisa auf dem Schild hinter der Windschutzscheibe.

Höflich grüßend trat ein Mann, vermutlich der Förster heran:

»Lisa, hole bitte noch einen Stuhl aus dem Kofferraum. Der Herr hat sicherlich ein paar Fragen und ich ebenfalls! Im Sitzen spricht es sich leichter!«

Der Mann setzte sich dankend.

»Jemand rief uns an und meldete, dass Sie gesperrte Wege gefahren sind. Er wollte sie anzeigen. Wir haben ihn überredet, darauf zu verzichten, da wir die Sache sofort selbst klären. Würden Sie mir bitte erklären warum?«

Christian griff in seine Tasche und holte seinen Ausweis hervor.

»Mein Name ist Werner, Bergbaubehörde. Uns geht es wie Ihnen. Jemand meldete einen nicht gesicherten Stollen. Vor einer aufwändigen offiziellen Untersuchung habe ich mir soeben das Problem angesehen. Ich bin gerade dabei, einen Begehungsbericht zu schreiben. Ich werde empfehlen, dass der für den Stollen Verantwortliche sorgt, dass der Stollen fest und sicher verschlossen wird. Begründung: Große aus der Decke ausgebrochene und herabgefallene Steine zeigen, dass der Stollen nicht sicher ist. Eine teilweise Einsturzgefahr ist nicht auszuschließen.«

Nach einer kurzen Pause:

»Wissen Sie, wer der Besitzer ist?«

Der Förster überlegte.

»Nicht genau! Und bevor ich was Falsches sage ...«

»Schon gut! Soll sich doch unsere Rechtsabteilung darum kümmern. Hier, meine Visitenkarte: Darf ich um ihre bitten?«

Sie unterhielten sich noch ein paar Minuten.

»Herr Werner, als Mitarbeiter des Bergbauamtes dürfen Sie natürlich alle Wege zu den Bergwerken befahren. Entschuldigen Sie bitte die Störung. Ihnen beiden noch ein schönes Wochenende!«

Er grüßte, stieg in sein Auto und fuhr weg.

Christian seufzte und füllte noch ein wenig das Formular aus. Dan brach er ab.

»Genug für jetzt! Fahren wir weiter, bevor noch mehr Neugierige auftauchen. Kennst du den Wildsee bei Kaltenbronn?«

Lisa verneinte.

»Fein, das ist unser nächstes Ziel! Aber zuerst will ich mich umziehen, raus aus der Bergmannskluft!«

Er staunte. Lisa trug jetzt ein kurzes Röckchen mit einer weißen Bluse. Sieh mal einer an, das also war in ihrem Köfferchen.

Als sie aus dem Wald heraus und wieder auf der Bundesstraße fuhren, fragte Lisa:

»Warum hast du ihm nichts von unserem Fund erzählt?«

»Um Gottes willen! Der Förster erzählt es dann seinen Kollegen und Morgen ist das halbe Dorf mit Hacken und Schaufeln im Bergwerk. Natürlich sehen sie dabei unsere heutigen Spuren! Ohne Abstützung hacken sie drauf los. Die Wand gibt nach ...!«

Ihr war klar, was Christian meinte.

Die Straße hoch nach Kaltenbronn, vom Murg- ins Enztal führend, war gut ausgebaut. Kurz vor dem Ort war ein großer, gut besuchter Parkplatz. Ein Fußmarsch von ca. drei Kilometern und sie waren am Rand des Hochmoores angelangt.

Sie folgten dem breiten Holzsteg, der mitten durch das Moor verlief. Lisa war entzückt. Was für ein wunderschöner See. Auf einer Bank inmitten des Wassers setzten sie sich. Christian schloss für einen Moment die Augen.

Jetzt oder nie dachte Lisa. Sie umarmte ihn fest und küsste ihn.

Erschrocken wollte er sie im ersten Augenblick abwehren, doch sie ließ nicht los. Nach ein paar Sekunden erwiderte er scheu ihre Küsse.

Eng aneinandergeschmiegt saßen sie noch eine Zeitlang da, danach ging es Hand in Hand zurück zum Auto. Weiter ging es über die B-294 nach Freudenstadt. Dort angekommen stellte er auf seinem Navi ›Freiburg‹ ein. Unterwegs hielten sie in einen Gasthof.

Irgendwo, er konnte sich hinterher nicht mehr erinnern, wo das war.

Anschließend brachte er Lisa nach Hause.

»Tut mir leid, Lisa, aber ich muss noch unseren Fund abgeben. Mit dem Silber möchte ich nicht länger herumfahren. Bis morgen, mein Schatz!«

*

Der Pförtner grüßte höflich. »Guten Abend Herr Werner.«

»Auch Ihnen einen guten Abend, Herr Zander. Ist ihr Kollege unterwegs?«

»Ja, soll ich ihn Rufen?«

»Das wäre sehr nett! Danke!«

Keine zwei Minuten später war der Kollege da.

»Bitte begleiten Sie mich zu meinem Büro und schließen Sie es auf. Hier drin,« er zeigte auf seinen Rucksack, »ist eine wertvolle Mineralienprobe aus einem Bergwerk, die möchte ich übers Wochenende nicht im Auto lassen!«

»Kann ich Ihnen Tragen helfen?«

Sehr freundlich von dem Mann. »Ja, bitte, aber vorsichtig, nirgends anstoßen!«

Oben im Nebenraum bekam der Mann vor Staunen nicht mehr den Mund zu. Ein über zwanzig Kilogramm schwerer, unregelmäßig geformter Silberbrocken:

»Bitte niemandem etwas davon erzählen, nicht bevor ich den Fund am Montag offiziell vorgezeigt habe!«

Der Mann, noch immer sprachlos, nickte nur.

*

Dieses Mal wartete er vor seiner Wohnung.

137

Nach dem bestandenen Examen hatte er sich eine günstige Drei-Zimmer-Eigentumswohnung zugelegt. Auf Kredit und mit Hilfe seiner Eltern.

Wohnzimmer, Schlafzimmer und Studierzimmer. In der Dusche fand ein Waschtrockner auch noch Platz. Bügelfreie Hemden und Hosen machten ihn von Zuhause unabhängig. Was seine Eltern bedauerten. Immerhin, samstags und sonntags kam er weiterhin zum Mittagessen.

Trotz allem, wichtig war ihm nur das Studierzimmer. Während die anderen Räume sehr ordentlich waren, herrschte in seinem Arbeitszimmer scheinbar das reinste Chaos. Bilder, Manuskriptteile, Mineralien, Bücher, alles irgendwo abgelegt. Er selbst jedoch wusste genau, wo was lag.

Und fühlte sich wohl!

*

So gegen dreizehn Uhr wollte Lisa ihn abholen.

Gestern hatte sie ihn nach seiner Adresse gefragt. Zudem bestand sie darauf, ihn heute zu fahren.

Nicht dass er begeistert war, denn bisher saß er noch nie in einem Auto, das von eine Frau gesteuert wurde.

Und dann auch noch durchs ›Höllental‹! Es zeigte sich aber, dass seine Befürchtungen nicht zutrafen. Lisa fuhr ruhig und sicher.

Vierzig Minuten später waren sie in Titisee auf einem riesigen Parkplatz angelangt. Sie liefen, Hand in Hand, ein ziemliches Stück, ehe sie die Bahnunterführung erreichten, die in die Stadt führte.

Eine breite Einkaufstraße, auf beiden Seiten Laden um Laden. Anscheinend überwiegend für Touristen.

Gemütlich schlenderten sie zu Bootsanlegestelle und lösten zwei Fahrscheine, setzen sich auf eine Bank und warteten auf das nächste Schiff.

Sie mussten sich zwanzig Minuten gedulden, bis es einlief.

Mit dem Einsteigen ließen sie sich Zeit. Ein großer Teil der wartenden Touristenmeute stürmte drängelnd und schubsend hoch zum Oberdeck. Lisa und Christian suchten ein schattiges Plätzchen am Heck. Das monotone Geräusch der Maschine, das gleichmäßige Rauschen und Gurgeln des Wassers am Schiffsrumpf bewirkte, dass sie eng aneinandergeschmiegt einschliefen. Erst als das Schiff vor dem Anlegen die Pfeife ertönen ließ, schraken sie hoch. Im ersten Augenblick hatten sie Mühe, sich zurechtzufinden. Aber der Moment ging schnell vorüber.

»Darf ich dich zu einem Kaffee mit Kuchen einladen, Lisa? Mir scheint, als ob wir ihn dringend nötig hätte!«

Lisa stimmte sofort zu. Wobei es sich als schwierig erwies, einen freien Platz zu finden. Beim dritten Lokal klappte es endlich.

Sehr guter Kuchen, starker Kaffee. Christian benötigte eine dreifache Menge an Zucker als normal.

»Was machen wir jetzt, Christian?«

»Mein Vorschlag wäre eine kleine Rundfahrt. Zuerst nach St. Märgen und St. Peter mit Besichtigung. Danach geht es über den Berg Kandel weiter nach Waldkirch. Dort kenne ich ein hervorragendes Gasthaus. Da wir über den Berg fahren, brauchen wir rund eineinhalb Stunden.«

*

Von Süden her führte eine breite, gut ausgebaute und nicht allzu steile Straße hoch zum Kandel.

Zuerst einmal das Fahrzeug abstellen, schnell ins Lokal geeilt und zwei Cappuccino bestellt. Lisa lief eilends zur Toilette, währendessen Christian auf die Getränke wartete. Als Lisa zurückkam, ging Christian eilig los. Sie hätten schon in St. Peter auf das stille Örtchen gehen sollen.

Immerhin konnten sie jetzt, nachdem der Druck weg war, in Ruhe den Cappuccino genießen.

Bevor es weiterging, schauten sie noch ein paar Minuten den Drachenfliegern zu.

Nichts für ihn, dachte er. Es ging elend weit in die Tiefe. Man konnte nicht so einfach anhalten und aussteigen.

Lisa führ zügig los. Bis zur ersten Haarnadelkurve der L-186. Erschrocken legte sie eine Vollbremsung hin. Ab jetzt machte das Fahren keinen Spaß mehr. Kurvenreich, schmal und steil. Nie wieder würde sie diese Straße nehmen, schwor sich Lisa.

Kurz vor Waldkirch bog Lisa in die B-294 Richtung Freiburg ab, anstatt, wie abgesprochen, in den Ort zu fahren. Christian schwieg.

Wenn sie gedacht hatte, dass er sie nun ausfragen würde, hatte sie sich geschnitten!

Das Einzige was er wusste war, dass ihm die Gegend völlig unbekannt war. Lisa fuhr auf den Parkplatz eines Lokals ohne ein Schild. Auch recht.

An der Tür angekommen, klopfte Lisa an. Ein Fensterchen öffnete sich.

»Oh, Lisa. Komm herein, du warst schon lange nicht mehr hier! Willkommen!«

Sie traten ein. Eine freundliche Frau empfing sie und geleitete zu einem seitlichen, in einer Nische stehenden Tischchen. Christian sah sich aufmerksam um. Nettes, gemütliches Lokal, die Gäste unterhielten sich lebhaft aber nicht zu laut. Fragend sah er Lisa an.

Diese lächelte und erklärte: »Zutritt nur für Paare!«

An Christians fragendem Blick merkte sie, dass er nichts begriff.

»Nur Paare, weiblich, männlich oder gemischt. Keine einzelnen Personen! Das Anbaggern, schlimmer noch, das Betatschen, entfällt völlig. Keine Einzelpersonen, die sich volllaufen lassen und Ärger machen. Während des Studiums war ich öfters mit einer Bekannten hier, einfach nur zum Essen, zum Trinken und sich zu unterhalten. Nie mit einem Mann. Für mich waren diese Kerle nichts als geile Volldeppen!«

Sie schwieg einen Augenblick, ehe sie weitersprach.

»Du hast mich nicht angemacht, sondern mich in aller Ruhe, ohne ausfällig zu werden, zurechtgewiesen. Ich war erbost. Kurz danach war ich von deiner Umsicht und dem gezielten Handeln beeindruckt. Dass du mich mit nahmst, ohne einen Annäherungsversuch zu machen, brachte meine Meinung über Männer ins Wanken. Ich begann ich Dich zu mögen. Seither vergaß ich dich nicht mehr. Ich suchte Dich, konnte Dich aber nicht finden. Jetzt habe ich Dich per Zufall wiedergefunden und alles falsch gemacht. Zum Glück hat mein Vater eingegriffen und du hast großzügig reagiert. Der Förster hat deinen Ausweis betrachtet und sofort war alles in Ordnung. Danach am Wildsee. Du hast dich die ganze Zeit über zurückhaltend benommen! Und dann, vor ein paar Tagen noch völlig undenkbar, habe ich Dich geküsst! Ich! Dich! Unglaublich!«

Wortlos sah sie vor sich hin.

Cristian hörte aufmerksam zu. Er verstand, dass sie dabei die letzten Tage gedanklich aufarbeitete.

Sie sah in nun voll an.

»Wie auch immer, ich liebe dich!«

Ehe er reagieren konnte, war sie ihm näher gerückt, umhalste und küsste ihn.

Ein dezentes Beifallklatschen riss beide aus ihrer Verzauberung. Zum Glück hielt die Nische den Einblick in Grenzen, so dass nur wenige den Kuss mitbekamen.

Ihre Drinks, alkoholfrei, kamen.

»Auf der PH nahm ich einige Tanzstunden, Christian. Kannst du Tanzen?«

Er nickte, nicht gerade begeistert. Die kleine Tanzfläche im Hintergrund hatte er bereits beim Hereinkommen erblickt. Lisa wollte doch nicht, oder doch?

Während er noch überlegte, zog sie ihn genau dorthin. Sie sprach leise mit dem Diskjockey.

Tarnen und täuschen oder Holzhammermethode? Er entschied sich für klare Verhältnisse von Anfang an. Die würde sich noch wundern!

Als die ersten Töne erklangen, nahm er genau wie in der Tanzstunde, die Grundstellung ein.

Mit der linken Hand ergriff er ihre rechte, seine rechte Hand lag locker auf ihrer Hüfte. Ein Foxtrott ...

Und weiter ging es mit einem langsamen Walzer und danach mit einem Wiener Walzer. Lisa war selig. Zum Abschluss folgte ein Tango.

Wobei sie merklich an ihre Grenzen gelangte!

Christian atmete deutlich langsamer als sie. Eines war ihr klar geworden, er konnte viel besser tanzen als sie!

Unter höflichem Befall brachte er Lisa an den Tisch zurück und setzte sich artig nach ihr..

»Wo hast du tanzen gelernt?«

»Wie du, allerdings erst ab dem zweiten Semester. Ich brauchte am Wochenende etwas Bewegung, aber ich wollte nicht schmutzig werden. Ein Jahr lang war in einer

Tanzschule als Schüler. Großer Vorteil, nur Damen mittleren Alters, meist verheiratet. Nachdem ich einigermaßen tanzen konnte, war ich bis zum Ende meines Studiums beim Tanztee. Dort waren zumeist mehr Frauen als Männer anwesend, sodass ich so gut wie keine Pause hatte. Aber das wollte ich ja. Und immer schön abwechselnd mit einer anderen tanzen! Der Tanzlehrer zeigte uns zwischendurch auch lateinamerikanische Tänze. Mit der Zeit war ich ganz gut. Aber gegen Ende es Studiums hörte ich auf. Ich brauchte meine Zeit zum Lernern.«

Eindeutig, da konnte sie nicht mithalten.

Eine junge Frau trat an ihren Tisch.

»Darf ich Sie kurz stören?«

Beide nickten.

Und an Lisa gewandt.

»Wenn es möglich bist, würde ich sehr gerne einen einzigen Tanz mit ihrem Freund machen. Und natürlich nur, wenn der Herr auch damit einverstanden ist!«

Lisa dachte kurz nach, anschließend die Wirtin an ihren Tisch winkend.

»Elke, die Dame hat eine Bitte. Aber möglicherweise verstößt sie gegen die Regeln.«

Die Frau trug ihren Wunsch vor. Elke überlegte einige Sekunden. Dann sah sie Christian an: »Sind Sie wirklich einverstanden?«

Der nickte nur und meinte:

»Die Tanzfläche muss allerdings für uns frei bleiben!«

Elke stimmte zu.

»Schön bringen wir es hinter uns!«

*

Lisa konnte es nicht fassen.

Christin hatte die Unbekannte ohne sichtbare Anstrengung übers Parkett gewirbelt, dass es für die Zuschauer eine Freude war. Als das Lied zu Ende war, ertönte von allen Seiten lauter Beifall. Christian deutete eine Verbeugung an und kam zurück zu Lisa.

»Die Regel, andere Paare nicht zu stören, ist richtig! Lass uns etwas trinken. Danach tanzen wir einen ruhigen ›Klammerblues‹, ganz allein für uns!«

Lisa umarmte und küsste ihn stürmisch.

*

Die Woche fing gut an.

Der Silberbrocken wurde von allen bestaunt!

»Hallo Christian, glauben Sie, dass es an ihrem Fundort noch mehr Silber gibt?«

»Schwer zu sagen. Möglicherweise ja. Es könnte durchaus der Anfang einer Erzader sein. Man müsste das Bergwerk zuerst sicher verschließen können. Danach Fachleute, zum Beispiel aus der Grube Clara, hinzuziehe. Ich habe zu wenig Erfahrung. Aber ja nicht darüber reden, sonst sind gleich darauf alle möglichen Idioten im Berg!«

Ja, das kannten sie.

»Gut«, meinte sein Chef, »ich werde die Sache auf höherer Ebene vortragen!«

*

Schön, das Problem war er los!

Nur mit Lisa hatte er seit gestern Abend eines. Sie wollte keinesfalls einsehen, dass er die Woche über keine Zeit für sie hatte.

»Jetzt höre mir gut zu. Ich arbeite an einem zeitintensiven Projekt. Aus gutem Grund bemühte ich mich um keine Freundin. Zu wenig Zeit! Im nächsten halben Jahr kann ich mich mühsam am Wochenende für dich freimachen. Wenn dir das nicht recht ist, so trennen sich hier und jetzt unsere Wege! Übrigens, auch meine Wohnung ist tabu. Überall liegen Unterlagen für mein neues Buch herum! Wenn plötzlich jemand meint, aufräumen zu müssen, bringe ich in um. Nun entscheide dich: Wochenendfreundschaft, zumindest vorüber gehend, oder Schluss!«

Lisa fuhr der Schrecken in die Glieder. Ja keine Trennung! Und wenn es noch ein Jahr dauern sollte, das ging auch vorbei. Sie umhalste und küsste ihn.

»Ich freue mich auf das nächste Wochenende!«

*

Wütend verließ Karl das Büro seines Vaters.

Dieser, er besaß ein kleines Unternehmen im Großraum Freiburg, hatte ihm ein Ultimatum gestellt.

»Wenn du keinen Abschluss in Betriebswirtschaft schaffst, geht die Firma in eine Stiftung über. Dies ist bereits testamentarisch festgelegt! Du hast inzwischen mehr als zehn Semester studiert und für mich sieht es derzeit nicht so aus, als ob du es schaffen würdest! Höre auf, von meinem Geld den Playboy zu spielen und sauf weniger! Und jetzt, raus mit dir!«

Auch wenn er es nicht gern zugab, sein Vater hatte recht.

Nur die Studentenlokale waren nicht so trocken wie die Hörsäle.

Freunde? Keine! Die hatten ihr Studium längst abgeschlossen und eine Anstellung gefunden.

Freundinnen? Keine hielt es lange mit ihm aus.

Erst einmal sich abreagieren. Ein kleiner Rucksack mit Verpflegung und sein Supermountainbike.

Er hatte kein Ziel, einfach nur fort von hier. Über Gundelfingen nach Waldkirch. In Gutach im Breisgau bog er ab ins Simonswäldertal. Schließlich bog er rechts ab, Richtung Wisdishof und hoch in den Schwarzwald. So langsam geriet er ins Schwitzen. Neben dem Waldweg lag ein trockener Baumstamm. Er entschloss sich zu einer kurzen Rast. Kaum saß er, da hörte er eine leise Stimme sagen:

»Ich habe Hunger und Durst! Bitte gib mir ein wenig von deinem Essen ab!«

Ein kleines graues Männchen, gerade Mal einen Meter groß.

Na das kam ihm gerade recht zum Frust ablassen. Er schnappte sich das Kerlchen vorn am Wams.

»Schämst du dich nicht, zu betteln? Hier gibt es in den Bächen genug Wasser und Beeren kannst du dir auch pflücken!«

Er schüttelte das Männchen. Dieses ließ vor Schreck etwas fallen. Auf dem Waldweg funkelte es golden. Noch immer das Kerlchen festhaltend, glaubte er mit der freien Hand das glitzernde Körnchen auf. Seine Augen wurden größer und größer.

»Woher hast du das?«

Als das Männchen nicht gleich antwortete, schüttelte er es kräftig.

»Hör auf, hör auf, ich sags ja! Dort oben ist ein verlassener, halb verschütteter Stollen. Ein ehemaliges Bergwerk!«

»Ja? Wo? Zeige es mir!«

Mit der einen Hand zog er sein Mountainbike, mit der anderen hielt das graue Männchen fest.

Das zeigte nach vorne.

»Hundert Meter weiter geht es hoch! In fünf Minuten sind wir da.«

Karl fragte misstrauisch:

»Und das Gold liegt einfach so rum?«

»Natürlich nicht!« Der Kleine schüttelte sich vor Lachen. »Nur einmal im Jahr, am einunddreißigsten Oktober, steigt das Gold genau um Mitternacht aus den Tiefen des Berges empor!«

Karl bückte sich über das Stollenloch und ließ dabei versehentlich das Männchen los, welches sofort im Unterholz verschwand.

Auch recht. Mit dem Handy fotografiert er das Erdloch und fügte die GPS-Daten hinzu. Das Gleiche machte er an jeder Abzweigung. Demnächst würde er wiederkommen. Mit einem Klappspaten und einer starken Taschenlampe! Dann überlegte er, ein heidnisches, magisches Datum: Halloween!

*

Warum, so fragte er sich, war er nicht gleich darauf gekommen? Er hatte sich einfach übernommen. Statt andauernd zwischen zwei Projekten hin und her zu springen, hätte er sich doch gleich auf das Wichtigere konzentrieren sollen. Am Dienstag nach dem Silberfund nahm er die Unterlagen, sein drittes Buch betreffend, mit nach Hause. Dort packte er alles unsortiert in eine große Schublade.

Ab sofort konzentrierte er sich auf die Doktorarbeit. Er war selbst überrascht, wie gut es plötzlich lief.

Auch mit Lisa war alles in Ordnung. Das Leben war schön. So durfte es gerne noch ein paar Wochen weitergehen. Manchmal traf er das Bergmänchen. Gleich zu Anfang fragte er den Kleinen, was er am Liebsten essen und trinken möchte. Von da an hatte Christian stets eine Flasche mit Cola und zwei Schinkenbrote, belegt mir Eischeiben, dabei. Das Männchen revanchierte sich. Zweimal gab es ihm eine Skizze, mit deren Hilfe es ihm gelang, seit Jahrzehnten von Gestrüpp überwucherte Bergwerkseingänge zu finden. Selbst im Archiv seiner Behörde waren diese nicht registriert.

Er gab seinem Chef die GPS-Daten. Der veranlasste, dass die Zugänge freigelegt und umgehend wieder sicher verschlossen wurden. Als man ihn fragte, wie er diese fand, verwies er auf Satellitenbilder des Schwarzwaldes und auf seine Nase.

Selbstverständlich hatte er sich abgesichert und hielt die Aufnahmen für Fragen bereit.

Sein Professor, der die Dissertation betreute und mit dem er sich zweimal in der Woche traf, riet ihm, dieses Verfahren mit aufzunehmen.

*

Endlich war er fertig!

Die Doktorarbeit gebunden und eingereicht. Sein Betreuer war des Lobes voll.

Jetzt konnte er nichts mehr tun außer warten. Die Dissertation war gedruckt. Irgendwann musste er noch vor eine Prüfungskommission treten und sichmündlich dazu äußern.

Zuerst packte er seine Unterlagen, gut ein. Anschließend nahm er sie mit ins Amt und ließ sie in einem tiefen Aktenschrank verschwinden. Gut, Thema abgeschlossen!

Ab jetzt würde es gemächlich weitergehen. In aller Ruhe das dritte Buch in Angriff nehmen.

Außerdem war da noch Lisa. Von nun an durfte sie ihn besuchen. Nur, wie sollte er es ihr beibringen?

Mal sehen, vielleicht hatte er Glück und es fand sich von selbst eine Lösung.

*

Mitten in der Woche rief er bei Lisa an.

»Hallo Schatz, ab wann hast du am Freitag Unterrichtsschluss? Du bist von Freitag Abend bis Sonntag Mittag in ein Wellness-Hotel eingeladen! Jeder hat sein eigenes Zimmer!«

Sie brauchte einen Moment, um das Gehörte zu erfassen.

»Bist du von allen guten Geistern verlassen? Ich will nicht allein in einem Einzelzimmer herumsitzen! Entweder Doppelzimmer oder gar nicht!«

»Schon gut, schon gut! Kein Grund zur Aufregung! Ich rufe im Hotel nachher an und buche um, einverstanden?«

Sie knurrte etwas, dann legte sie auf.

Natürlich musste er nicht umbuchen, da er längst ein Doppelzimmer bestellt hatte. Ihre Reaktion war leicht vorher zu sehen.

Fünf Minuten später rief er Lisa erneut an.

»Hallo Schatz! Im Hotel ›Schöne Aussicht‹ bei Hornberg Niederwasser ist für uns ein Doppelzimmer reserviert. Kategorie ›Hauenstein‹. Schau es dir einmal im Internet an. Ich denke, es wir dir gefallen!«

Immerhin herrschten zehn Minuten Ruhe. Dann klingelte das Telefon erneut.

Lisa natürlich! Sie war sehr aufgeregt, sodass er zuerst nichts verstand, außer dass sie sich unbändig freute! Fein.

Mit der Zeit wurde sie ruhiger und fragte:

»Kannst du dich heute Abend ausnahmsweise freimachen, bitte? Spätestens ab neunzehn Uhr?«

Er konnte viel früher, aber das brauchte sie nicht zu wissen.

»Ja, kannst mich von meiner Arbeitsstelle Punkt neunzehn Uhr abholen?«

Sie konnte.

Nun rief er Herrn Roth an.

»Guten Tag, hier ist Christian Werner. Es würde mich freuen, wenn Sie in den nächsten Tagen eine halbe Stunde Zeit für mich hätten. Wie bitte? Jetzt gleich? Gut ich komme!«

Zwei Minuten später saß er ihm gegenüber.

»Was haben Sie auf dem Herzen?«

»Herr Roth, ich möchte Ihnen kurz meine Geschichte erzählen. Als Schüler nahm ich im Rahmen einer AG an einer Exkursion Teil. Als wir Rast machten, fiel mir mitten im Bach ein Stein auf. Ich stieg wie in Trance in das Wasser und holte ihn heraus. Der Lehrer schlug mit einem kleinen Hammer rund um den Stein eine Rille und brach ihn durch. Der Anblick der funkelnden Amethyste veränderte mein Leben. Ich wollte von da an Mineralogie studieren. Man machte mir jedoch klar, dass ich mit meinen Schulnoten keine Chance hätte. Man half mir beim Lernen und meine Noten wurden stetig besser. Anstatt weiter rumzugammeln, hatte ich nun ein Ziel vor Auge. Doch um an Mineralien zu gelangen, muss man in den Berg. Also studierte ich schwerpunktmäßig Ingenieur für Bergbau. Parallel hierzu Mineralogie und Geologie mit guten Abschlüssen. Eigentlich hätte ich damit zufrieden sein können. Aber ich fühlte, dass mir etwas fehlte. Das bewog mich eine Doktorarbeit in meinem Hauptfach zu machen. Und immer noch stimmte es nicht.

Ich hatte das falsche Gebiet gewählt! Doch jetzt möchte ich zurück zu meinem ursprünglichen Wunsch.«

Für einige Sekunden sah er still vor sich hin.

»Herr Roth, ich bitte Sie, mir bei der Suche nach einem Professor oder Dozent für Mineralogie zu helfen, der Themen vorschlägt und mich betreuen würde. Mein sehnlichster Wunsch ist, in Mineralogie, so als abschießendes Sahnehäubchen, einen Doktortitel zu erwerben!«

So, es war heraus. Hoffnungsvoll sah er Herrn Roth an. Dieser dachte einige Zeit nach.

»Wie ich sehe, sind Sie ein leidenschaftlicher Mineraloge. Gut, ich höre mich um! Zwei Professoren, die in Frage kämen, kenne ich recht gut.«

Er lächelte wohlwollend.

»Sie hören wieder von mir!«

*

Lisa holte ihn pünktlich ab. Sie küsste ihn. Wie immer war sie der aktivere Teil, während er sich mehr passiv verhielt. Irgendwie traute er sich nicht, Lisa von sich aus in den Arm zu nehmen und zu küssen. Nun ja, nicht zu ändern.

Im Moment hatte er keine Ahnung, was sie vorhatte. Er sollte es gleich erfahren.

»Wir fahren zu Elke, essen und trinken, tanzen ein wenig und feiern deinen Einfall mit dem schönen Wochenende.« Christian hörte wortlos zu. Auf was wollte sie hinaus? »Ich freue mich ganz arg, endlich einmal ohne meine Eltern zu sein!«

Elke nahm die Bestellung auf und brachte die Getränke. Dann ließ Lisa die Katze aus dem Sack.

»Meine Eltern wollen dich unbedingt kennen lernen. Und ich deine. Was hältst du davon?«

»Nichts! Absolut nichts!«

Eine klare und eindeutige Antwort.

»Wir kennen uns, wenn man es genau betrachtet, kaum. Zu jetzigen Zeitpunkt stören sie nur!«

Und nach einer kurzen Pause:

»Dass sich bei unserer zweiten Begegnung dein Vater eingemischt, dich quasi entmündigt hat, war zwar erfolgreich, aber nicht ganz hasenrein! Er wird sich, wann immer er es für nötig hält, wieder einmischen! Wenn du dich weiterhin von deinen Eltern derart beeinflussen lässt, wird es bald krachen! Vor vielen Jahren setzte ich mir ein Ziel. Dem habe ich alles untergeordnet. Jetzt fehlt noch der letzte, aber sehr zeitaufwändige Schritt: Noch stehe ich ganz am Anfang. Ich bin auf der Suche nach einem Betreuer, welcher mich als Doktorand annimmt. Ich will und werde innerhalb von einem oder zwei Jahren eine Doktorarbeit in Mineralogie machen. Ich würde mich freuen, wenn du mich unterstützt. Wenn nicht ...«

Christian brach ab. Lisa sah drein wie eine Kuh, wenn es donnert. Darauf war sie nicht gefasst.

Zum Glück brachte Elke das Essen, sodass sie sich wieder fing.

»Christian,« sie sah in ernst und ruhig an, »ich werde dir helfen, wo ich kann! Dir das Schreiben abnehmen und vielleicht beim Anfertigen von Zeichnungen behilflich sein. Als Deutschlehrerin, kein Problem!«

Wenn er zustimmte, konnte sie oft mit ihm zusammensein, ihn näher kennenlernen.

Autsch, dachte Christian, dass sie Lehrerin war, hatte er ganz vergessen!

Aber es würde ihm wirklich helfen.

Ein langsamer Walzer erklang. Er stand auf, verbeugte sich vor Lisa und sagte: »Darf ich bitten?«

Es wurde noch ein sehr schöner Abend.

*

Über Waldkirch, Elzach ging es über den Berg nach Gutach im Kinzigtal. Heute, am Freitag, war der Güterverkehr stärker als an normalen Werktagen. Viele wollten noch vor dem Wochenende ihre Fracht ausliefern, andere hatten früher Feierabend, und wollten nur schnell nach Hause.

Lisa fuhr, Christian genoss einfach nur die Fahrt.

Ab Gutach ging es an der an der Gutach entlang nach Hornberg. Kurz dahinter bildeten, nur ganz wenige Häuser, eine winzige Ortschaft namens ›Niederwasser‹.

Lisa bog von der Bundesstraße rechts ab in ein schmales Tal, welches hinauf auf eine Hochebene führte. Nach wenigen Kilometern tauchte ein ausgedehnter Gebäudekomplex auf. Die ›Schöne Aussicht‹.

Fahrzeug eingeparkt und ab zur Rezeption.

Die Dame war sehr freundlich. Christian füllte das Anmeldeformular aus und erhielt den Zimmerschlüssel.

Er reichte ihn Lisa.

»Gehe bitte schon einmal aufs Zimmer! Ich hole unser Gepäck!«

Er schnappte sich eines der herumstehenden Transportwägelchen und eilte zum Parkplatz. Beladen mit dem Gepäck kam er zurück und wollte an der Rezeption vorbei. Die Empfangsdame winkte in zu sich.

»Herr Werner, hier haben Sie einen Übersichtsplan der Aufzüge. Stellen Sie nachher den leeren Wagen seitlich vor ihre Tür. Er wird abgeholt.«

Er dankte und ging. Lisa erwartete ihn bereits und, half die Koffer abladen und deren Inhalt in den Schränken zu verstauen.

Anschließend sahen sie sich um, traten auf den Balkon, genossen die Aussicht.

Alles wunderschön.

»Bitte, Christian, ich habe Durst. Schau mal, hier gibt es eine Cafeteria. Könnten wir bitte dorthin gehen?«

»Ja, gerne!«

Es gab nicht nur Kaffee und Kuchen, sondern auch belegte Brötchen. Sie setzten sich.

»Was machen wir anschließend?«

»Nun,« meinte Christian, »ich würde gern den Innenpool besuchen. Wenn er zu klein zum Schwimmen ist, dann halt ein wenig im Wasser herumplantschen. Danach auf den Liegen ausruhen und trocknen. Du kannst danach entscheiden, ob wir hier zu Abend essen oder ob du lieber nach Schonach möchtest.«

In der Dunkelheit im Schwarzwald? Ja nicht! Zumal sie noch etwas vorhatte. Die Nacht der Nächte ...!

»Christian, ich würde gerne hierbleiben. Nach dem Pool sind wir sicherlich müde und nachts fahr ich sehr ungern!«

Gut, umziehen, Bademäntel an und los.

*

Das Abendessen war hervorragend. Dazu ein Gläschen Gengenbacher Riesling.

Sie unterhielten sich noch einige Zeit, bis Lisa dezent andeutete, müde zu sein. Er selbst war eigentlich auch müde, die letzten Tage waren stressig gewesen.

Auf dem Weg zum Zimmer lächelte Lisa still vor sich hin. Sie hatte ihn in der Falle!

Scheinheilig fragte sie: »Hast du einen Schlafanzug dabei« Er nickte. Gut. »Dann gehe bitte in das Bad und ziehe dich schon mal um. Ich gehe nach dir!«

Er beeilte sich und war gleich darauf wieder da.

»Wärme bitte schon mal das Bett!«

Da er nicht wusste, welche Seite sie bevorzugte, setzte er sich in einen Sessel, nicht ohne vorher das Licht zu dimmen.

Bisher hatte er sein Leben gut im Griff. In spätestens zwei Wochen konnte er sich Dr. Ing. nennen. Wozu?

Er brauchte ihn nur einmal zur Einstufung in den Staatsdienst. Wirklich wollte er nur den zweiten Titel. Sein Traum ...

Aber seit ein paar Wochen war es schwieriger geworden. Gefühle kamen ins Spiel. Unberechenbar, verstörend und faszinierend zugleich.

Ein leises Geräusch riss ihn aus seinen Gedanken. Verblüfft gewahrte er Lisa, wie sie die Bettdecken zur Seite legte und dafür ein großes Badetuch ausbreitete.

Er verstand nichts mehr. Dann schwebte sie auf ihn zu. Er erschrak. Sie war völlig nackt!

Sekunden später hing sie an seinem Hals und zog ihm den Schlafanzug aus. Im nächsten Augenblick lagen sie aneinandergeschmiegt auf dem Laken, sich küssend und streichelnd.

Plötzlich setzte Lisa sich auf und sah ihm tief in die Augen.

»Darf ich?«

Er nickte. Sie setzte sich auf ihn und griff nach Klein-Christian. Im Gegenteil zu ihm kannte sie sich mit dem Thema Sex, zumindest theoretisch, bestens aus. Schließlich unterrichtete sie an der Schule Sexualkunde.

Und das Christian so gut wie keine Ahnung davon hatte, erkannte sie schon frühzeitig. Nun, das machte nichts, sie würden es gemeinsam lernen.

Langsam senkte sie sich auf ihn herab.

Ein kurzer Wehlaut ...

*

Beim Frühstück erkundigte sie sich, was heute auf dem Programm stand.

»Wir beginnen am besten im Besucherbergwerk ›Segen Gottes‹ in Schnellingen bei Haslach. Von dort über Hausach nach Oberwolfach ins nächste Schaubergwerk, die Grube ›Wenzel‹. Danach im gleichen Ort, ins Mineralienmuseum. Ende mit dem ‚Pflichtprogramm‘. Du bist zum Mittagessen herzlich eingeladen!«

Das Programm gefiel Lisa. Außer ihrem eigenen Bergwerk kannte sie bisher kein Schaubergwerk. Mal sehen, was die hiesigen Führerinnen so erzählen würden!

*

Lisa war ziemlich enttäuscht. Lieblos vorgetragene Texte ohne innere Anteilnahme. Dafür jede Menge Fehler!

Die unbedarften Besucher merkten es nicht.

Dann die nächste Enttäuschung.

Aus dem Museum für Bergbau und Mineralien war ein Museum für Mathematik und Mineralien geworden. Das Thema Bergbau war unter den Tisch gefallen.

Einziger Trost, das Mittagessen fiel sehr gut aus.

Christian beglich die Rechnung und wandte sich an Lisa.

»Du bist jetzt dran! Was sollen wir machen?«

Verträumt sah sie aus dem Fenster der Gaststube.

»Wellness-Urlaub. Wir fahren ins Hotel. Whirlpool, Innenpool, Sauna und vor allem eine entspannende Massage!«

Dieses Mal verstand Christian sofort.

»Gib mir bitte die Autoschlüssel. Wir fahren über Hausach zurück nach Hornberg!«

Wenn er unbedingt fahren wollte, warum nicht? Nach dem üppigen Essen fielen ihr sowieso fast die Augen zu. Und Tunnels, zum Beispiel die Ortsumgehung Hornberg, fuhr sie äußerst ungern. Die kilometerlange, enge Straße den Berg hoch war auch nicht unbedingt nach ihrem Geschmack.

*

»Lisa, hallo Lisa!«

Sie sah sich um. Oha! Sie standen bereits auf dem Parkplatz des Hotels.

»Alles in Ordnung!« Christian lächelte sie an. »Du bist ab Gutach eingeschlafen!«

Unwichtig, denn nun war sie wieder hellwach. Also ab ins Wellnessparadies!

Zuerst war ein Massagetermin auszumachen. Anschließend probierte sie alles durch. Ohne Christian. Der hielt sich abwechselnd im Whirlpool oder auf einer Liege auf. So konnte er den Rest des Nachmittags gut verbringen. Das Wasser zehrte ganz schön. Nach dem dritten Whirlpoolbesuch schlief er tief ein.

Bis Lisa ihn wachrüttelte. Schlaftrunken folgte er ihr. Das Übliche: Abendessen, kuscheln, schlafen.

*

Am Sonntagmorgen standen sie erst um acht Uhr auf. Die Koffer waren schnell gepackt. Gemütlich saßen sie beim Frühstück und besprachen die Tagesroute. Donaueschingen mit der Donauquelle, Tuttlingen mit der Donauversickerung. Irgendwo, in einem Gasthof an der Bundesstraße Mittagessen. Danach, wie die Zeit reichte, eine Rundfahrt durch den Südschwarzwald und vielleicht am Schluchsee Kaffeetrinken. Gegen Abend dann bei Elke noch eine Kleinigkeit essen, vielleicht tanzen.

*

Endlich wieder zurück in seiner Welt.

Eine geregelte und klar gegliederte Umgebung.

Seine Welt! Sein Schreibtisch!

Zuerst öffnete seine Mailbox. Keine neuen Nachrichten. Das Telefon klingelte.

Er meldete sich:

»Werner, guten Tag!«

»Roth hier, könnten Sie bitte gleich zu mir kommen? Es ist wichtig! Bis nachher.«

Er kam zu keiner Antwort, Herr Roth hatte umgehend wieder aufgelegt. Ein kurzer Blick in den Spiegel, alles in Ordnung. Mit schnellen Schritten lief er zum Verwaltungsgebäude.

Er klopfte an die Tür.

»Herein!«

Schnell trat er ein. Verdutzt blieb er stehen. Mehrere Herren sahen ihn neugierig an.

Herr Roth lächelte freundlich.

»Meine Herren, darf ich Ihnen Herrn Christian Werner vorstellen. Examen als Bergbau Ingenieur, als Mineraloge und Geologe. Die riesige Druse und den Silberbrocken, die sie vorhin gesehen haben, fand er in längst aufgegebenen Bergwerken. Die Betreiber der Grube Clara erhielten die Genehmigung zum Silberabbau. Dass er in einem Besucherbergwerk einen Schwerverletzten fand, der dadurch gerettet werden konnte, brauche ich wohl nicht extra erwähnen!«

Danach drehte er sich ihm zu. Knallrot und totalverlegen stand er da.

»Christian, darf ich Ihnen Herrn Professor Dr. Neideck vorstellen. Mineraloge und ab sofort Ihr Betreuer für ihre Doktorarbeit in Mineralogie.«

Christian strahlte.

»Dies ist Herr Fritsch von unserer Personalabteilung. Aber bitte, setzen wir uns!«

Er zeigte auf einen runden Tisch im Hintergrund. Kaffee, Apfelsaft und Mineralwasser.

Herr Fritsch übernahm nun das Gespräch.

»Herr Werner, Sie entwickeln sich so langsam zu einem Problem. Herr Roth hat Ihnen den Beamtenstatus versprochen. Sie haben bisher die Verwaltungslehrgänge gut bestanden. Die Industrie ist wie wild hinter Personen wie Ihnen her. Im Moment haben wir Sie und wollen Sie behalten. Wie ich vernommen habe, möchten Sie eine Doktorarbeit machen. Dadurch werden Sie für die Industrie noch interessanter.«

Er griff in seine Aktentasche und zog ein DIN A4 Mappe heraus. Das kam am Freitag hier an. Herr Roth bat mich, Ihnen diesen Umschlag zu überreichen. Er stand auf und streckte ihm die Hand hin. Somit war er gezwungen, sich ebenfalls zu erheben.

»Gestatten Sie, dass ich Ihnen gratuliere, Herr Doktor Ingenieur Christian Werner!«

Natürlich gratulierten nun alle, indessen er wie betäubt dastand.

Herr Roth ergriff das Wort.

»Über ihren Status reden wir in ein paar Tagen in aller Ruhe. Herr Fritsch weiß erst seit gut dreißig Minuten von ihrem Doktortitel, jetzt müssen wir neu überlegen. Für Sie gibt es vorläufig lediglich ein größeres Zimmer mit zwei Nebenräumen. Am besten wäre es nun, wenn Sie Herrn Professor Neideck mitnehmen. Er hat mehrere Themen zur Auswahl mitgebracht.«

Christian erhob sich und reichte Herrn Fritsch und Herrn Roth die Hand und bedankte sich nochmals.

Gemütlich ging es zu seinem Büro.

Interessiert betrachtete der Professor die Mineralien in seinem Arbeitszimmer. Als er bemerkte, dass der Professor eine Druse besonders bewunderte, drückte er sie ihm in die Hand.

»Hier, nehmen Sie diese ruhig mit! Zuhause habe ich noch mehr davon!«

Der Professor freute sich sehr. Sein Blick Mann fiel auf ein Regal. Hastig griff er nach zwei Büchern.

»Die kenne ich! Von Ihnen?«

Christian nickte.

»Was wollen Sie einmal werden, wenn Sie erwachsen sind?«, lachte sein zukünftiger Betreuer.

»Kommt darauf an, ob mein Betreuer es schafft, mir zum nächsten Doktortitel zu verhelfen.«

Christian lachte.

»Gut, Herr Werner, hier habe ich drei Umschläge mit Themen.«

Er blickte auf die Uhr.

»Ich muss gehen! Suchen Sie sich eines davon aus und kommen Sie danach zu mir.«

*

Ganz schnell zwei Kopien gemacht.

Danach seine Mutter angerufen.

»Hallo Mama, darf ich bitte kurz auf eine Tasse Kaffee vorbei kommen? Ja? Danke.«

Das zweite Gespräch war ebenfalls wichtig.

»Hallo, Lisa mein Schatz. Könnten wir uns bitte heute Abend bei Elke zum Essen treffen? Es gibt neuerdings etwas, das du wissen solltest. Was? Nein, nicht am Telefon! Ja? Gut! Ich liebe dich!«

*

Bei seiner Mutter angekommen, klingelte er Sturm. Kaum dass sie geöffnet hatte, umarmte und drückte er sie an sich. Seinen Vater, der aus dem Wohnzimmer kam, umarmte er ebenfalls.

»Ich weiß nicht, wie ich Euch danken kann. Aber ohne eure Hilfe und Unterstützung hätte ich das nie geschafft!«

Er reichte seiner Mutter einen DIN A4 Umschlag. Ihre Hände zitternden ein wenig, als sie das Dokument entnahm.

Beim Lesen wurden ihre Augen größer und größer. Schnell reichte sie es ihrem Mann.

»Gratulation, mein Junge. Du hast es geschafft! Wir können Stolz auf dich sein. Doktor Werner! Deshalb hattest du in den letzten Monaten keine Zeit, wirktest immer gestresst. Aber es hat sich gelohnt!« Entspannt saßen sie bei Kaffee und Kuchen um den Küchentisch.

»Sicherlich hast du ab sofort etwas mehr Zeit. Vielleicht dürfen wir dann deine Freundin kennenlernen?«

Darauf war er vorbereitet.

»Was meine Freizeit anbetrifft, wird es etwas mehr sein, aber ich mache noch eine Doktorarbeit. Allerdings ohne Zeitdruck. Was das Kennenlernen anbetrifft, habe ich folgenden Vorschlag: Beide Elternpaare, Lisa und ich treffen uns in einem Lokal zwanglos zum einem gemeinsamen Essen! Nachher treffe ich mich mit Lisa. Sie bekommt den gleichen Umschlag wie du, Mama! Sie weiß bisher nicht, dass ich bereits eine Doktorarbeit machte. Sie hat sich genau wie ihr gewundert, dass ich kaum Zeit für sie aufbrachte. Danach sehen wir weiter!«

*

Seit rund zehn Minuten saß er bei Elke in einer der Nischen, bei einem Cappuccino. Sie hatte ihn eingelassen, als er ihr sagte, dass er auf neunzehn Uhr hier mit Lisa verabredet sei. Gerade wollte er sie anrufen, als sie, sich an Elke vorbeidrängend, zur Tür hereingeschossen kam und sofort herankam.

»Wo warst du?!«

Reichlich aggressiv! Elke griff ein.

»Beruhige Dich, Lisa! Er sagte, dass er hier mit dir verabredet ist.«

Lisa erschrak. Stimmt, er hatte nicht gesagt, dass sie ihn abholen sollte. Sie hatte das lediglich angenommen.

»Entschuldige bitte, ich dachte, dass ...!«

»Gut! Alles in Ordnung! Setze dich und bestelle dir was zum Trinken. Du bist eingeladen.«

Sie bat um ein Glas Orangensaft.

»Um was geht es, Christian?«

Er zögerte, wusste nicht so richtig, wie er anfangen sollte.

»Deine Eltern möchten mich kennen lernen. Meine würden Dich auch gerne kennenlernen. Mein Vorschlag ist: Beide Eltern und wir treffen uns in einem guten Lokal zum Essen. Ich werde Dich bei meinen Eltern nicht vorführen, genauso wenig wie ich mich vorführen lasse!«

Er sprach ruhig aber dennoch in einem entschlossenen Tonfall.

Lisa schluckte und schluckte.

Damit rechnete sie nie und nimmer!

Elke unterbrach sie beim Nachdenken.

»Wollt ihr nachher essen?«

»Aber Ja. Aber erst einmal zwei Glas Sektorange, bitte!«, bestellte Christian.

 Lisa begriff gar nichts mehr.

Elke brachte die Gläser und stellte sie auf den Tisch. Christian griff zu und drückte ihr eines in die Hand.

»Liebe Lisa, lass uns auf unsere Zukunft anstoßen! Du hast mich immer wieder gefragt, warum ich so wenig Zeit für Dich aufbringen konnte. Aber ich hatte eine Aufgabe, bei der ich nur mühsam wenigstens am Wochenende, die Zeit für uns gemeinsam aufbringen konnte. Seit heute ist dies vorüber. Nun habe ich viel mehr Zeit für uns! Darauf trinken wir! Zum Wohl, mein Schatz!«

Sie stießen miteinander an. Mehr Zeit, auch unter der Woche, war sehr erfreulich.

Aus einer Mappe unter seinem Stuhl zog einen Umschlag hervor und gab ihn ihr.

Neugierig entnahm sie das innenliegende Papier.

»Eine Doktorarbeit! Du bist ein Dr. Ing.! Aber ich soll dir doch bei deiner Arbeit helfen?«

Er schüttelte den Kopf.

»Nicht bei dieser, sondern bei meiner Zweiten und Letzten!«

»Du schreibst noch eine? Wofür?«

»Seit meiner Schulzeit habe ich einen Traum, ein Ziel: Ich will Mineraloge werden! Aber da sind die Jobs dünn gesät. Als Ingenieur für Bergbau habe ich auch mit Mineralien zu tun und bekam recht früh ein

Stellenangebot. Das schien mir ein guter Weg für eine solide Lebensgrundlage zu sein. Was sich auch gezeigt hat. Nun kann ich ohne Zeitdruck meinen Traum verwirklichen!«

Christian schwieg und trank sein Glas leer.

Lisa hatte aufmerksam zugehört. Dies erklärte vieles.

Das war zudem eine andere Welt als die ihrer männlichen Schüler, welche sich meist ziellos treiben ließen.

Mit einem Ohr hörte sie den Discjockey ansagen: »Damenwahl!«

Was sie bewog, Christian an der Hand zu nehmen und auf die Tanzfläche zu ziehen.

*

Die letzten zwei Wochen waren recht erfolgreich!

Sowohl im privaten als auch im dienstlichen Bereich.

Freitag Morgen. Bequem in seinen Bürosessel zurückgelehnt, ließ er die vergangenen Tage Revue passieren.

Nachdem Lisa alles erfuhr, drängte Sie darauf, die zweite Arbeit angehen zu können. Warum auch nicht?

Am Dienstag bat er Herrn Roth um Hilfe.

Er konnte sich nicht entscheiden, welches der drei Themen er nehmen sollte. Danach rief er seinen Betreuer an.

Am Mittwochabend stand Lisa vor seiner Tür und wollte wissen, wann es mit der Arbeit losgehen sollte. Vor allem aber um endlich seine Wohnung besichtigen zu können.

Sie fand diese sehr nett, wobei ihr das breite Bett gut gefiel.

Dies musste ausgiebig getestet werden. Sie kamen an dem Abend nicht zum Arbeiten. Schwamm drüber.

Bei einer Stollenbegehung traf er erstmals nach längerer Zeit wieder auf das Bergmännchen. Noch immer führte er für den Kleinen Essen mit sich. Das Männchen freute sich und aß mit gesundem Appetit. Nach dem letzten Bissen stand es auf und und sagte:

»Gehe ins Forsthaus und sprich mit dem hiesigen Oberförster und sage ihm, wonach Du suchst! Aber zuerst gehe tiefer in den Stollen rechter Seitengang, etwa dreißig Meter.«

Im nächsten Moment war der Kleine verschwunden. Schade, er hätte sich noch gerne ein wenig mit ihm unterhalten.

Rechter Seitengang. Schau an. Das Bergmännchen hatte die Druse, auch Geode genannt, fast freigelegt. Der Rest war leicht, im Gegensatz zum Gewicht des Steines. Der war elend schwer! Es blieb ihm nichts anderes übrig, als ihn hinauszurollen. Eine ganz schöne Schinderei. Mit schmerzendem Rücken und voll verschwitzt gelangte er am Auto an. Zum Glück besaß sein Kofferraum keine Ladekante!

Eine letzte Anstrengung, und der Stein lag im Kofferraum. Die übliche Prozedur. Im Amt abgeben und daheim duschen.

Am nächsten Tag ließ er sich einen Hubwagen geben. Ab zum Aufsägen! Er blieb daneben stehen, um zu sehen, wie sich die Säge durch den Stein fraß. Endlich zerfiel er in zwei Teile. Ein Achat!

Nach dem Vermessen und Fotografieren, wanderte wieder etwas in die Vitrinen im Schauraum.

*

Am Tag darauf suchte er den vom Bergmännchen empfohlenen Förster auf.

Wie von dem kleinen Männchen nichts anderes zu erwarten war, erwies es sich erneut als Volltreffer.

Als er seinen alten Ausweis ohne Doktortitel vorzeigte, reagierte der Förster anfangs recht zurückhaltend. Doch mit der Zeit taute er auf. Christian erhielt die Kopien zweier hochauflösenden Flurkarten. Und, ganz verstohlen, den Namen eines weiteren Försters. Er bedankte sich und gab dem Mann ein Exemplar seines zweiten Buches, was Mann dankend annahm.

Umgehend suchte er Förster Nummer Zwei auf. Hier erhielt sogar drei Lageskizzen. Auch dieser Förster erhielt ein Buch und seine Karte. Wirklich, eine super Ausbeute. Die würde ihn einige Zeit beschäftigen. Nicht ahnend, dass das Bergmännchen ein wenig nachgeholfen hatte.

Die guten Leutchen im Schwarzwald hatten früher an allen Ecken nach Silber und Mineralien gegraben. Nach einiger Zeit gaben sie enttäuscht auf. Um kurz darauf an einer anderen Stelle erneut zu buddeln. Ohne den erhofften Erfolg. Seine Gedanken wandten sich Lisa zu.

Letzten Samstag fand das ›große Familientreffen‹ statt.

Es verlief unerwartet harmonisch. Lindners gratulierten ihm zum Doktortitel. Gerade noch sah Lisa seinem warnenden Blick und verkniff sich die Erwähnung der zweiten Arbeit. In Gedanken bei seiner Doktorarbeit hörte er kaum zu. Da war doch noch was. Aber was? Anscheinend besaß Herr Lindner hoch oben im Schwarzwald, in einer Gruppe Gleichgesinnter, ein Wochenendhäuschen mit Gästezimmer. Nicht sein Fall! Dann wurde es doch sein Fall. Herr Winkler erzählte von einem verfallenen Bergwerk ganz in der Nähe. Was hieß, dass er morgen zum Kaffeetrinken mitkommen musste.

Und anschließend in voller Ausrüstung ab zum Bergwerk. Lisa bat, mit ihm fahren zu dürfen. Klar, aber nur in ihrer Bergausrüstung!

Plötzlich hatte er es eilig. Sie verabschiedeten sich und fuhren zu Christian. Nach wenigen Minuten langten sie dort an. Er schloss auf und stürzte geradezu in ein Arbeitszimmer. Aus einem Schrank, ganz hinten in einer Schublade holte er einen dicken Stapel Papier und breitete ihn auf dem Tisch aus.

Lisa stand ratlos daneben. Bilder, Skizzen und Textseiten füllten den Tisch.

Wortlos blätterte mehre Minuten in den Unterlagen.

Anschließend lachte er laut und drehte nach Lisa um.

»Setze Dich bitte. Ich will ein drittes Buch über Mineralien schreiben. Der Witz ist, dass dessen Inhalt fast zu hundert Prozent dem Thema meiner Dissertation entspricht. Noch ein wenig Schreiben, ein paar Zitate mit Quellenangabe hinzufügen, und meine zweite Doktorarbeit ist fertig. Komm, hilf mir bitte, alles grob vorzusortieren.«

Nach zwei Stunden meinte er:

»Schluss für heute! Ab zu Elke, was essen und das Tanzbein schwingen!«

»Christian, darf ich bitte bei dir übernachten? Wir können dann gleich morgen früh weiter arbeiten.«

Er nahm sie in die Arme und küsste sie.

*

Damals, als er Buchunterlagen weggeräumt hatte, packte er alles wahllos weg. Doch neuerdings kam Ordnung in das Chaos.

Gegen Mittag brachte ein Lieferservice das Essen.

Das folgende Nickerchen war ein mehrstündiger Tiefschlaf. Auch recht.

*

Da Lisa die Strecke oft gefahren hatte, steuerte sie Christians Auto, während er entspannt daneben saß.

Kurz vor vier Uhr kamen sie in der Siedlung an. Nette Häuschen und eine in der Nachbarschaft hysterisch schreiende Frau, deren Hund abgehauen war. Unwichtig!

Frau Lindner empfing sie an der Tür und bat sie herein und an den Kaffeetisch. Klasse! Gedeckter Apfelkuchen, selbstgemacht, sein Lieblingskuchen! Nachdem er zwei Stück gegessen hatte, wandte er sich an Herrn Lindner:

»Sie erzählten von einem ehemaligen Bergwerk hier in der Nähe. Kann man mit dem Auto hinfahren?«

»Leider nein! Ein normales Auto sitzt entweder auf oder kommt die Steilstrecken nicht hoch. Nur spezielle Fahrzeuge mit Allradantrieb und genügend Bodenabstand, lediglich Förster und Waldarbeiter besitzen solche, schaffen es. Außerdem gibt es hier verschiedene Personen, die Sie sofort anzeigen, beziehungsweise den Förster oder die Polizei rufen, da die Wege gesperrt sind.«

Als ob ihn das Jucken würde. Lisa sah, dass ihrem Vater gleich eine Überraschung bevorstand. Bisher kannte er Christians Fahrzeug nicht.

»Würden Sie mir bitte den Weg zeigen? Wir nehmen mein Auto!«

Achselzuckend willigte Herr Lindner ein.

Dann erblickte er das Fahrzeug. Relativ hohe Bodenfreiheit und Allrad. Kein Wunder, dass Christian hochfahren wollte!

Unerwartet leicht kamen sie zu einem großen Loch am Berghang.

Rechts ranfahren, Auto abstellen und umziehen. Herr Lindner sah seine Tochter zum ersten Mal in ihrer Bergmannskleidung.

»Herr Lindner, Sie warten bitte außen! Lisa mindestens fünf Schritte Abstand halten! Okay?«

Mit seiner Stablampe leuchtete in das dunkle Loch.

Anfangs bücken, danach lag ein freier Gang vor ihm. Vorsichtig stieg er hinein und schritt langsam weiter, Lisa hinterher.

Plötzlich hielt er an. Er bedeute Lisa zu warten, nicht zu sprechen. Er kam nicht weit, blieb stehen und lauschte ins Dunkel.

Eilig kam er zurück. »Raus hier!«

Vor dem Stollen setzte er sich auf den Boden und griff zum Handy. Er wählte die wieder einmal 112!

»Werner, Landespräsidium Freiburg, Referat Bergbau! Hier ist ein ungesicherter Stollen mit einem rund fünf Meter tiefen Schacht. In diesen ist ein Hund gestürzt und jault kläglich. Bitte senden Sie sofort ein Bergungsteam mit Seilen und Leitern. Informieren Sie das Forstamt und die Polizei! Ich gebe jetzt das Telefon an Herrn Lindner, der gibt ihnen eine genaue Wegbeschreibung mit Ortsangaben!«

Und an Lisa:

»Laufe bitte hinunter und weise ankommende Fahrzeuge ein.«

Herr Lindner setzte sich neben ihn und gab das Handy zurück.

Schweigend saßen sie ein paar Minuten nebeneinander.

»Herr Werner, wer sind sie?«

»Erstens, ich heiße Christian und zweitens ›du‹. Ich habe drei Fächer studiert: Ingenieur für Bergbau, dazu kommen noch Mineralogie und Geologie. Jeweils mit dem Staatsexamen angeschlossen. Nun bin ich beim Landespräsidium Freiburg gelandet.«

Nachdenklich schwiegen beide.

»Herr Lindner, ich hole Ihnen eine wasserdichte Decke!«

Herr Lindner nahm dankend darauf Platz.

Christian setzte sich neben ihn.

»Um auf ihre Frage von vorhin zurückzukommen. Eine meiner Aufgaben sind unangekündigte Überprüfungen der Sicherheit in Besucherbergwerken. Zusätzlich Begehungen in allen uns bekannten Stollen sowie das Auffinden bisher nicht mehr bekannter Stollen oder Bergwerke. Wie hier.«

Er stand auf und holte eine, wie es aussah, teure Kamera aus dem Auto und fotografierte den Stolleneingang. Aus der Brusttasche brachte er in Diktiergerät zum Vorschein.

»Bisher unbekanntes Bergwerk, GPS-Daten ...!«

Interessiert lauschte Herr Lindner dem Diktat.

Kaum war Christian zu Ende, war der Einsatzwagen Feuerwehr da, dicht gefolgt vom Forstamt.

Grinsend stieg ein Forstbeamter aus und wies nach unten:

»Die Polizei kommt zu Fuß! Die haben sich festgefahren!«

Christian ging zum Einsatzleiter der Feuerwehr.

»Nach ungefähr fünfzig Meter ist ein Schacht, der über die ganze Breite des Stollens geht. Die Schachtkante ist eingebrochen und bildet eine steile schräge Ebene! Da ich nicht gesichert war, kam ich nicht an den Schacht heran!«

Der Mann sprach mit seinen Männern. Diese zogen sich um, seilten sich an.

Einer schleppte einen Stromgenerator herbei, die anderen sahen zu, bis Kabel und ein Handscheinwerfer angeschlossen waren.

Der erste nahm die Lampe und verschwand im Stollen, dicht gefolgt von einem Zweiten, der ein Funkgerät trug und mit den Außenstehenden in Verbindung stand.

Er selbst und Lisa hatten sich inzwischen wieder umgezogen. Lisa war mit der vermutlichen Hundehalterin gekommen. Und ging gleich mit ihr zum Einsatzleiter. Erregt sprach sie auf den Mann ein.

Der sah sich ratlos um. Die Frau deutete plötzlich auf ihn.

Einer der Feuerwehrmänner kam daraufhin auf ihn zu und bat ihn zum Einsatzleiter zu kommen. Verblüfft hörte er diesem und der aufgeregten Frau in aller in Ruhe zu und nickte dann.

Keine zwei Minuten später seilten sie ihn mit einem Rettungsgurt in den Schacht ab. Beruhigend auf das Tier einredend, kam er tiefer und tiefer. Dieses winselte leise.

Unten angekommen ging er in die Knie und streckte dem Hund den Handrücken entgegen. Kurz beschnüffelte es diese und leckte einmal darüber.

Ganz vorsichtig streichelte er den Hund. Das ließ das Tier zu. Es wollte aufstehen, jaulte und blieb liegen.

Über das Funkgerät informierte die Helfer.

»Das Tier ist schwer verletzt! Versucht einen Tierarzt aufzutreiben. Und lasst bitte einen kleinen Eimer mit Wasser herunter.«

Das Wasser kam schnell. Gierig schlabberte der Hund. Fein, sehr fein!

»Der Tierarzt braucht noch länger, er steckt in einem Stau fest. Er hat uns aber gesagt, welches Schlafmittel wir ins Trinkwasser geben sollen. Die Polizei bringt es schnellstmöglich!«

Hoffentlich, hier unten war's kalt.

Rund dreißig Minuten dauerte es noch, dann kam das präparierte Wasser.

Fünf Minuten danach schlief der Hund tief und fest.

Sie zogen ihn hoch. Zähneklappernd führten sie ihn, in eine Wolldecke gehüllt, aus dem Berg.

Sollte doch die Feuerwehr das Tier bergen. Solange es schlief, war es ein Kinderspiel.

Draußen, im Freien, erhielt er einen heißen Tee. Mit einem Schuss Alkohol.

Ah, das tat gut.

So langsam wurde ihm wieder warm. Ein Polizist trat heran.

»Ist dies ihr Wagen? Zwei Personen haben Sie angezeigt. Sie dürften eigentlich gar nicht hier sein!«

»Lisa, hole bitte den Ausweis vorne auf der Konsole. Danke.«

Lisa wollte ihm das Dokument reichen. Er wehrte ab.

»Bitte, gib es ihm!«

Der Polizist las:

›Landespräsidium Freiburg.‹

Ausweis.

Das Fahrzeug mit der Nummer Fr-xxx ist berechtigt, sämtliche Straßen und Wege uneingeschränkt zu befahren!

Referat 97.

Zusätzlich reicht er ihm seinen Dienstausweis.

Der Mann gab umgehend alles zurück.

»Entschuldigen Sie bitte, alles in Ordnung!«

Er nickte nur. In diesem Moment brachten sie den schlafenden Hund auf einer Trage aus dem Bergwerk. Im dunklen Schacht hatte er ihn kaum erkennen können. Das Tier war ein geradezu riesiger Rottweiler! Wenn er das vorher gewusst hätte! Wahrscheinlich hätte er es sich dann zweimal überlegt, ob er sich da hinunter ließ!

Schimpfend und fluchend kam endlich der Tierarzt an. Zuerst sprach er mit der Polizei. Sein Auto stand weiter unten, die Gaffer hatten die Zufahrt blockiert. Dann begab er sich zu seinem Patienten. War ja auch Zeit!

Wie er hinterher erfuhr, hagelte es Strafanzeigen. Die Autos der Neugierigen, welche trotz Fahrverbot den Weg hochfuhren, wurden fotografiert und von einem Unimog an den Haken genommen und rücksichtslos zur Seite gezogen. Manche steckten fest. Zusätzliche Anzeigen wegen Beamtenbeleidigung kamen hinzu.

Nach gut einer halben Stunde war der Weg wieder frei. Das Auto des Tierarztes fuhr einer der Polizisten hoch zum Bergwerk. Die Hundehalterin stand neben ihrem Hund und streichelte ihn ausdauernd. Für sie würde es noch teuer werden. Hoffentlich besaß sie eine gute Haftpflichtversicherung, welche die Bergungskosten übernahm.

Für ihn, Lisa und Herrn Lindner, war es höchste Zeit, zu gehen. Noch ein Stück Apfelkuchen essen. Mindestens!

Ach ja, der Hund hatte sich den rechten Hinterlauf gebrochen! In der privaten Tierklinik des Arztes würde der Bruch schnell wieder heilen.

*

Seine erste Amtshandlung am Montag war, eine umgehende Sicherung des Stollens zu veranlassen sowie den Grundstückseigentümer darauf hinzuweisen, dass er seiner Sicherungspflicht nicht nachgekommen war und jetzt dafür die Kosten übernehmen musste.

Die zweite Handlung, das bisher unbekannte Bergwerk in die Unterlagen aufnehmen.

Punkt drei? Achj a, die Skizzen der beiden Förster mit den fünf unbekannten Bergwerken zum Suchen.

Konnte man die Orte auf eine Karte mit anderem Maßstab eintragen, um erst einmal grob das Gebiet zu ermitteln?

Nein, ging nicht, sein Blick fiel auf eine kleine Schrift. Flurbezeichnung? Gewand?

Das Internet brachte ihn langsam weiter. Nach zwei Stunden hatte er drei von fünf gefunden.

Ein Blick auf die Uhr. Elf Uhr. Das Telefon klingelte. Sein Chef, Herr Burger.

»Guten Morgen, Herr Werner! In der Zeitung steht etwas über einen Mann aus unserem Bereich, den die Feuerwehr aus einem Schacht rettete. In Sonntagskleidung und ohne jeglichen Schutz. Was erheblich gegen die Sicherheitsbestimmungen verstößt. Bitte kommen Sie um vierzehn Uhr zu mir!«

Hörte sich nach Untersuchung an.

Seufzend machte er sich daran, Stollen vier und fünf aufzufinden.

*

Herr Roth, Herr Burger und zwei Herren empfingen ihn. Herr Roth stellte sie vor. Er hörte kaum zu. Weshalb auch?

»Herr Werner, schildern Sie bitte den Vorfall aus ihrer Sicht!«

»Ein Hund fiel in einen Schacht. Die Halterin des Hundes wies den Einsatzleiter darauf hin, dass dieser Personen in Overalls gnadenlos angriff. Trotzdem schickte er zweimal einen Mann hinab. Anscheinend

174

knurrte das Tier zuerst warnend. Als die Männer trotzdem näher kamen, biss das Tier beide Male zu. Da ich die einzige Person mit Bergerfahrung und in ziviler Kleidung war, fragte er mich, ob ich es nicht versuchen könnte. Man ließ mich langsam runter und der Hund knurrte nicht! Er winselte leise. Sie ließen daraufhin ein Eimerchen mit Wasser herunter. Ich ließ ihn Trinken. Danach waren das Tier und ich die besten Freunde! Ich streichelte ihn, bis später auf Anraten des Tierarztes, ein neues Eimerchen mit Wasser, versehen mit irgendeinem Mittel, kam. Fünf Minuten später schlief der Hund. Gott sei Dank! Dort unten war es saukalt. Den Rest erledigte die Feuerwehr!«

Herr Roth war begeistert.

»Herr Werner, ich kann Sie nur loben! Sind Sie einverstanden, meine Herren?«

Die sahen sich gegenseitig an und nickten dann zustimmend.

»Nachdem Sie nicht leichtsinnig da hinuntergeklettert sind, sondern die Feuerwehr sie um Hilfe bat und für ihre Sicherheit sorgte, ist alles in Ordnung. Ach ja, wussten Sie, was für eine Art Hund sie erwartete?«

Christian lächelte gequält.

»Ja, und als ich es wusste, wollte ich dann zuerst nicht mehr runter. Erst als Herr Lindner mir versicherte, dass der Hund normalerweise lammfromm ist, riskierte ich es.«

Die beiden er ihm unbekannten Herren hatten genau zugehört und verabschiedeten sich danach freundlich per Handschlag.

Herr Roth erkundigte sich nach dem Stand seiner Doktorarbeit.

»In spätestens drei Wochen reiche ich sie bei Professor Neideck zur Prüfung ein.«

Geschockt saß Herr Roth da. Dann lachte er.

»Guter Witz! Niemand kann eine Dissertation in den wenigen Wochen schreiben!«

»Nein Herr Roth, aber in einem Jahr. Die Daten zu meinem dritten Buch entsprechen zufällig überwiegend denen, die ich für die Dissertation brauche. Auf das Buch müssen Sie daher noch ein wenig warten!«

Herr Roth lächelte.

»Kein Problem! Sie können die Unterlagen immer noch verwenden!«

»Genau! So ist es geplant!«

Herr Roth stand auf und reichte ihm die Hand.

»Weiterhin viel Erfolg! Ich bin gespannt, was Sie als Nächstes vorhaben.«

*

Heute nichts mehr!

Ab nach Hause, mit Lisa an der Dissertation arbeiten, später zu Elke!

Und Morgen Früh den Förster aufsuchen sich von ihm vor Ort informieren lassen.

Dann das Übliche. GPS-Daten aufnehmen, fotografieren und anschließend den Förster zu in einem netten Lokal zu einem Mittagessen einladen.

*

Nicht besonders früh aufgestanden, gut gefrühstückt und in den Schwarzwald losgefahren.

Lastwagen und Traktoren behinderten das Vorwärtskommen. Im Gegensatz zu vielen Dränglern überholte er nicht trotz Gegenverkehr und überfuhr keine durchgehenden weißen Linien. An einer Parkmöglichkeit stieg er aus und griff zum Handy. Er informierte den Förster, dass er laut Navi in zehn Minuten ankommen würde.

Nun, ja, es wurden elf.

Der Förster begrüßte ihn und stieg zu.

Christian reichte ihm die Skizze Nummer vier.

Der Mann brauchte gut zehn Minuten, um sich zu erinnern.

»Gut, ich weiß es wieder. Fahren Sie los, Herr Werner!«

Zweimal mussten sie einen Umweg nehmen, da sich die Wege geändert hatten.

»Dort, drüben, bei der Baumgruppe! Am Ende links einbiegen, Herr Werner!«

Vorsichtig fuhr er den gezeigten Weg.

»Halt, stoppen Sie hier.«

Vor ihnen stieg das Gelände, dicht mit Büschen bewachsen, steil an.

»Dort oben, das Loch.« Der Förster wunderte sich. »Ich habe das wesentlich größer in Erinnerung!«

Cristian holte eine Klappleiter aus dem Auto. Komisch, jemand hatte versucht, das Loch mit Ziegelsteinen zu verschließen. Nicht sehr erfolgreich. Er räumte einige der Ziegel zur Seite.

Mit seiner ultrahellen LED-Stablampe leuchtete er hinein. Schwer geschockt stieg er wieder hinab.

Der Förster erschrak. Herr Werner war totenbleich, atmete stoßweise und setzte sich auf den Waldboden, gab auf Fragen keine Antwort. Er nahm die Lampe an sich, und stieg hinauf. Ein Blick hinein und er war ebenfalls blitzschnell wieder unten.

Umgehend griff er zum Handy!

»Robert, könnt ihr mich einpeilen? Meine Handynummer lautet 01532.....! Ja, ich warte! Warum?

Wir haben das vermisste Mädchen gefunden. Höchstwahrscheinlich ermordet!«

*

So langsam kam wieder Farbe in Christians Gesicht.
»Seit wann wurde das Mädchen vermisst?«
Der Förster zählte in Gedanken nach.
»Seit elf Tagen!«
»Verstehe ich nicht. Die Suchhunde hätten sie doch leicht finden müssen?«
»Jemand hat sie angeblich zuletzt woanders gesehen.«
»Ach ja? Schaut euch den genau an! Wahrscheinlich ist er der Mörder, der euch bewusst auf eine falsche Spur gebracht hat!«
Der Förster erschrak. Der dorfbekannte Tunichtgut, der Sohn vom Ortsvorsteher!
Das musste er nachher als erstes seinem Freund Robert erzählen, der war Hauptkommissar bei der Kripo!

*

Schweigend saßen sie nebeneinander, bis von vorne unten im Tal, die ersten Sirenen zu vernehmen waren. Mussten diese überhaupt eingeschaltet sein? Jetzt war sowieso alles zu spät, nichts mehr zu retten.
Christian fragte:
»Herr Förster, darf ich Sie anschließend zu einem Mittagessen einladen? Sobald die Polizei unsere Personalien aufgenommen hat, uns zudem fragte, warum ausgerechnet wir das Mädchen gefunden haben, wäre danach ein gutes Essen hochwillkommen. Im Moment will ich nur weg von hier!«
Der Förster nickte zustimmend.

178

»Darf ich mir bitte ihre Taschenlampe ausleihen? Ich gehe ein Stück zurück, signalisiere und weise die Kollegen ein!«

Im ersten Moment dachte sich Heinz nichts dabei.

Aber als gleich zwei Polizeiwagen und ein kleines Einsatzfahrzeug der Feuerwehr vorüber kamen, wurde er aufmerksam. Größerer Unfall? Dann erschrak er zutiefst.

Am Ortsausgang bogen sie nach links in das Seitental ab, fuhren in die Weinberge und hoch zum Wald. Das konnte, das durfte nicht sein! Unmöglich! Und doch? Allem Anschein nach hatten Sie Mariella gefunden. Da er nicht ausreichend Licht und Zeit gehabt hatte, um alle Spuren zu beseitigen, würden sie ihn bald finden. Aus war es! Dabei war die kleine Schlampe ganz alleine schuld! Er doch nicht! So aufreizend wie die gekleidet war ...!

*

Die Polizisten waren sehr höflich. Stellten sich kurz vor und baten um seine Autoschlüssel. Sie wollten sein Auto umsetzen, sodass der Feuerwehrwagen dicht heranfahren konnte. Zuerst ersetzte die Feuerwehr seine Klappleiter gegen eine wesentlich stabilere Ausführung.

Der erste Feuerwehrmann kletterte hoch und entfernte alle Ziegel. Danach stieg ein anderer hoch und beseitigte mit einem Pickel das mit der Zeit herabgebrochene Gestein.

Er kam wieder herab, ohne in den Stollen zu betreten, und schritt zu den Polizisten. Einer setzte sich ans Funkgerät.

Ein anderer kam auf sie zu.

»Hallo Klaus!« Und an Christian gewandt: »Ich heiße Robert Meyer, Kriminalpolizei! Wir haben soeben die Mordkommission und die Spurensicherung gerufen. Darf ich sie um ihren Namen bitten?«

Er griff in seine Brusttasche, holte wortlos seinen Dienstausweis hervor und reichte ihn dem Polizisten.

»Bergbaubehörde! Schau mal einer an! Klaus hat Ihnen sicherlich von dem Stollen erzählt und Sie hergeführt. Damit konnte der Mörder nicht rechnen.«

Der Förster wandte sich an Herrn Meyer und wies auf den Mann hin, der angeblich das Mädchen ganz woanders gesehen haben wollte. Der Polizist nickte nachdenklich.

Christian sprach ihn an: »Wenn Sie nichts dagegen haben, würden wir zwei jetzt gerne von hier wegfahren! Wir können Ihnen sowieso nicht helfen!«

»Ja, gut! Danke, dass Sie uns sofort gerufen haben und den Tatort nicht betraten!«

*

Gegen vierzehn Uhr saß er wieder an seinem Schreibtisch. Das Mittagessen in dem vom Förster vorgeschlagene Lokal war ausgezeichnet. Vor dem Forsthaus verabschiedete er sich und fragte:

»Darf ich bitte in den nächsten Tagen wegen des letzten Bergwerks noch einmal vorbeikommen?«

»Aber ja, Herr Werner, den schlimmsten Stollen haben wir wohl hinter uns, also, bis demnächst!«

Wie auch immer, für heute und morgen war Innendienst angesagt, im Moment konnte er keine Stollen mehr sehen.

Nach kurzem überlegen griff er zum Telefon. Der Anrufbeantworter meldete sich.

»Guten Tag Herr Roth. Hier ist Christian Werner! Ich brauche ihre Hilfe. Die Sache ist zu groß für mich geworden! Bitte rufen Sie mich an, sobald Sie für mich Zeit haben!«

Rund dreißig Minuten später rief Herr Roth zurück und bat ihn zu sich.

Christian hatte inzwischen eine ausreichend große Landkarte erstellt, die GPS-Daten eingetragen und die Fotos der Visitenkarten beigelegt.

Herr Roth empfing in freundlich.

»Na, was haben Sie dieses Mal ausgegraben?«

»Das Schlimmste was es gibt. Ein vor wenigen Tagen ermordetes Mädchen!«

Herr Roth schluckte. Darauf war er nicht gefasst!

Dann, nach gut einer Minute, mit brüchiger Stimme:

»Bitte, erzählen Sie!«

Er berichte ruhig und gefasst, fast teilnahmslos.

Abschließend meinte er: »Wenn die Mordkommission ihre Untersuchungen beendet hat, muss das Bergwerk umgehend sicher verschlossen werden! Keine sensationsgierigen Reporter und Neugierige. Aber so, dass vorbehaltlich späterer Untersuchungen, der Stollen begehbar bliebt!«

»Ist gut! Ich werde die Sache umgehend an höherer Stelle vortragen. Aber was ist mit Ihnen? Warten Sie bitte noch einen Moment, ich will kurz telefonieren!«

Er wählte. »Hallo Frank, wir haben ein Problem, komme bitte mal gleich vorbei! Danke!«

Nach ein paar Minuten trat ein hochgewachsener, ernst blickender Mann ein.

Herr Roth stellte Christian vor.

»Herr Werner hat ein Problem!«

Der Mann nickte nur und bat ihn, zu erzählen.

Geduldig berichtete Christian erneut. Der Mann, er hatte sich bisher nicht vorgestellt, hörte aufmerksam, ihn beobachtend zu.

Als er endete, ergriff Herr Roth das Wort:

»Christian, darf ich dir Herrn Dr. Frank Friedrich vorstellen? Er ist unser Psychologe. Mir wurde klar, dass du noch immer unter einem Schock stehst! Was meinst du Frank?«

Dr. Friedrich stimmte ihm zu:

»Sie erhalten jetzt von mir drei Kapseln. Eine für gleich, eine für heute Abend und die Dritte morgen nach dem Frühstück. Sie haben für heute Fahrverbot, unsere Fahrbereitschaft bringt Sie nach Hause. Sie werden drei Tage vom Dienst befreit! Ich wünsche Ihnen eine gute Besserung!«

*

Als er erwachte, fühlte er sich ruhig und ausgeruht.

Dann wunderte er sich. War Lisa gestern nicht mehr gekommen? Egal! Er hatte nun drei freie Tage erhalten, diese gedachte er für seine Dissertation zu verwenden.

Aber erst einmal gut frühstücken. Sein Handy klingelte, Herr Roth war dran.

»Guten Morgen, Christian, Wie geht es ihnen?«

»Danke, viel besser als bestern!«

»Freut mich hören! Wir haben Ihnen ein Schild an ihre Wohnungstür gehängt, das können Sie jetzt abnehmen! Weiterhin gute Erholung!«

Schild? Welches Schild?

Tatsächlich hing etwas, groß und nicht zu übersehen, an der Tür.

›Bitte keinesfalls stören, es sei denn, das Haus brennt!‹

Für einen Augenblick sah er dumm drein, dann musste er jedoch lachen. Ihm hatte er seinen ruhigen Abend zu verdanken, zumal er in seinem gestrigen Zustand Lisa nicht ertragen hätte!

*

Lisa war ziemlich durch einander. Natürlich hatte sie das Schild gesehen. Dadurch wurde sie erst recht neugierig. Leise schlich sie sich in die Wohnung. Im Schlafzimmer brannt eine kleine Nachttischlampe. Christian lag angezogen quer auf dem Bett, sich unruhig bewegend, stöhnend und immer wieder vor sich hinsprechend.

... Blut! Alles voll Blut ... so jung ... ermordet ... Blut ... schrecklich, grauenhaft zugerichtet ... Alles voll Blut ... so jung ...

Mal ganz leise, dann wieder lauter. Plötzlich erblickte sie die Medikamentenschachtel. Ein Sedativum.

Warum musste sie aber auch in die Wohnung, in Christians Privatsphäre eindringen? Er durfte es keinesfalls erfahren! So leise wie sie gekommen war, ging sie wieder. Auch wenn sie die Neugier noch so plagte, sie war selbst Schuld daran. Hätte Sie nur nicht ...

*

Ein Eintopf aus der Dose, in der Mikrowelle erhitzt, schmeckte recht gut. Vierzehn Uhr.

Mal sehen, ob Lisa schon zuhause war.

Sie war.

»Darf ich Dich heute Abend zum Essen einladen? Beim Griechen? Bei Elke ist es mir heute zu laut und hektisch!

183

Ich hatte gestern eine ganz miesen Tag! Bitte hierzu keine Fragen!«

»In Ordnung! Ich komme so gegen sechzehn Uhr und wir arbeiten noch ein wenig weiter? Einverstanden?«

»Ja gerne, bis dann Lisa!«

*

Punkt sechzehn Uhr war Lisa da.

Unbekümmert scheinend fiel sie ihm um den Hals, ihn begehrend küssend.

»Wieso bist du schon zu Hause?«

»Für drei Tage bin vom Dienst befreit. Diese Freizeit kann ich gut gebrauchen. Bis Ende nächster Woche sind wir fertig! Am darauffolgenden Montag gebe ich sie an Professor Neideck zum Korrekturlesen. Danach eine Woche, um eventuelle Änderungen einzuarbeiten. Das war's.«

Lisa traute der Sache nicht so ganz.

»Und dann? Eine dritte Doktorarbeit?«

Christian lachte.

»Aber nein! Ich lasse mir viel Zeit um aus den vorliegenden Texten ein allgemein verständliches Buch, ohne Tabellen und Formeln und all das wissenschaftliche Beiwerk, herauszubringen«, schloss er zufrieden.

»Darf ich dir wieder helfen?«

»Sehr gerne.« Er sah auf die Uhr. »Lass uns jetzt essen gehen. Und denk daran: keine Fragen!«

*

Seine ›Ferien‹ waren vorbei, die Erinnerungen an den Anblick des toten Mädchens verblasst.

Er war wieder unterwegs. Nummer eins bis drei, welche er anhand der Skizzen ausfindig machen konnte, waren kein Problem.

Dreimal den Eingangsbereich fotografieren, die GPS-Daten wie gewohnt aufnehmen. Wie erwartet lagen die Zugänge, teilweise kaum zugänglich, zwischen kleinen Bäume und Dornenhecken versteckt. Normale Spaziergänger würden sie nie finden. Darauf verließen sich die Grundstückseigentümer, denn sie ordentlich freizulegen und zu sichern, kostete Geld. Jetzt würden sie von Amts wegen dazu verpflichtet werden. Nachdem eine Spezialtruppe, neuentdeckte Bergwerke betreffend, angeleint und gesichert, diese untersucht hatte. Drei Stollen, drei Akten. In einem halben Jahr würde er sie offiziell begehen.

Um Nummer vier machte er vorläufig einen großen Bogen. In ein paar Monaten vielleicht.

Damit blieb noch Bergwerk fünf. Er griff zum Telefon und rief das ihm bekannte Forstamt an.

»Forsthaus, was kann ich für Sie tun?«

»Guten Tag, mein Name ist Werner. Ich möchte bitte einen ihrer Förster sprechen, von dem ich nur weiß, dass er mit Vornamen ›Klaus‹ heißt.«

Der Mann lachte. »Er heißt Klaus Gabler. Einen Moment, ich hole ihn.«

»Ja? Hallo, Gabler hier!«

»Guten Tag Herr Gabler! Christian Werner! Wir haben neulich jemanden gefunden. Es er mir sehr recht, wenn Sie mir bald das letzte Bergwerk auf ihrer Liste zeigen könnten. Wann hätten Sie Zeit?«

Der Förster lachte.

»Haben Sie noch nicht genug? Wenn es Ihnen recht ist, holen Sie mich gleich heute um vierzehn Uhr ab. Dann haben wir genügend Zeit, einverstanden?«

*

Die Fahrzeit betrug rund dreißig Minuten. Zum Schluss fuhren sie ein schmales Tal mit einer gut ausgebauten, relativ breiten Straße hoch.

Neben der Straße floss sich ein Bach. Herr Gabler erzählte, dass sich weiter oben ein flaches Hochtal mit einer Ansiedlung erstreckte.

»Fahren Sie jetzt bitte langsam. Da vorne geht es scharf rechts ab. Noch etwa einhundert Metern endet der Weg an einem Wendeplatz.« Hier hatte schon lange keiner mehr gewendet. Jede Menge Unkraut, Gras und kleine Büsche.

Dort angekommen, sah er sofort die gut zehn Meter hohe, Felswand. An deren Fuß gab es dichte Büsche und und Geröll, alles mehr oder weniger überwuchert. An eine Stelle entsprang ein kleiner Bach, eher ein Rinnsal.

Schau an. Die Stollenentwässerung.

Aus dem Auto holte er eine Hacke und eine Schaufel. Außerdem einen größeren Brustbeutel.

Wortlos begann er das Geröll abzutragen, dabei störende Büsche und Pflanzen ausreißend.

Nach zehn Minuten erkannte er einen beginnenden Spalt und begann diesen gezielt freizulegen.

»Haben Sie noch eine Hacke und eine Schaufel dabei? Ich würde ihnen gerne helfen!«

Herr Gabler! Den hatte er vor lauter Eifer ganz vergessen.

»Ja, einen Moment, ich hole gleich das Werkzeug! Vielen Dank! Aber machen Sie sich bitte nicht schmutzig.«

Nach einer halben Stunde hatten sie den Stolleneingang ausreichend frei gelegt. Einen Meter und fünfzig breit, knapp zwei Meter hoch.

Gleich bevor er anfing zu graben, hatte er noch das unberührte Gelände fotografiert. Erneutes Foto von dem Stollen und die GPS-Daten aufgenommen.

»Bitte warte Sie hier, ihre Schuhe und Kleidung sind nicht besonders für eine Stollenbegehung geeignet. Wenn ich keine Gefahren entdecke, dürfen Sie anschließend auch rein, einverstanden?«

Herr Gabler nickte.

Sie hatten den Eingang nicht ganz freigeschaufelt, sodass er über einen Geröllrest klettern musste. Im Boden war eine Rinne eingehauen, die das Wasser nach außen leitete. Ansonsten war alles überraschend trocken. Er leuchtete sorgfältig Boden und Wände ab, schritt wachsam immer tiefer. Nach dreißig Metern verbreiterte sich der Gang.

Eine leise Stimme fragte:

»Guten Tag Christian, hast du zufällig ein wenig zum Essen dabei?«

Er freute sich, sein Freund das Bergmännchen.

»Aber ja! Nur für dich!«

Aus dem Brustbeutel brachte er zwei große Spitzwecken, dick mit Butter bestrichen, sowie mit Schinken und Eischeiben belegt, hervor. Er reichte sie, mit einer großen Colaflasche, dem Kleinen: »Guten Appetit, mein Freund, lass es dir schmecken!«

Langsam ging er tiefer in den Berg.

Gerade wollte er umkehren, da bedeutete ihm das Bergmänchen, zu folgen. Nach wenigen Schritten zeigte das Männchen auf die Wand und seinen spitzen Geologenhammer.

Aha, er sollte wohl die Wand aufschlagen. Kein Problem!

Vorsichtig hämmerte er drauflos. Im Schein seiner Stirnlampe glitzerte etwas. Behutsam hämmerte er weiter.

Fassungslos hielt er kurz danach einen riesigen Bergkristall in der Hand. Reinster Quarz!

Er drehte sich um, aber wie gewohnt war das Bergmännchen verschwunden. Nur eine leise Stimme flüsterte.

»Die ist der Beginn einer äußerst ergiebigen Quarzader!«

Jetzt hieß es tarnen und täuschen. Er sammelte Lehm vom Boden und verschmierte das Loch. Danach nahm er den Bergkristall an sich und verließ den Berg.

Der Förster sah ihm gespannt entgegen. Er staunte! So einen großen, makellosen Bergkristall sah er bisher nie!

»So, Herr Gabler, nehmen Sie meine Stirnlampe, die Stablampe, und eine Grubenlampe, ich habe noch eine dabei, dann können Sie auch mal rein. Alles ist schmutzig, aber gefahrlos!«

Der Förster sah an seinem sauberen Dienstanzug herunter, auf seine sauberen Schuhe, auf Christians lehmverschmierte und schmutzige Kleidung. Er verzichtete dankend.

»Gut! Wir müssen leider noch mal ran, den Eingang ein Stück weit zuschaufeln und mit einem Bäumchen und Gebüsch maskieren!«

Nach verhältnismäßig kurzer Zeit war auch das erledigt.

»Zum Glück habe ich stets Ersatzkleidung und Schuhe bei mir. Darf ich Sie zu einem Vesper oder Abendessen einladen? Wenn Sie mir bitte den Weg zu einem guten Lokal zeigen könnten? Sie sind natürlich eingeladen.«

»Am besten wäre es, wenn wir die Straße weiter hochfahren würden. Dort gibt es eines der besten Lokale weit und breit. Wir können dann später weiterfahren ins nächste Tal und von dort aus zurück!«

Christian zog sich schnell um.

»Schön, Herr Gabler, wir können los.«

*

Lisa saß in Christians Wohnung und wartete.

So langsam machte sie sich Sorgen. Warum rief er nicht an?

Plötzlich hörte sie die Wohnungstür gehen. Herein kam Christian mit lehmverschmierter Wäsche auf dem Arm.

»Christian! Ist etwas passiert? Warum hast du nicht angerufen?«

Er schaute dumm drein. Dann kam seine Gegenfrage: »Und warum bist du nicht dran gegangen?«

Schnell ging sie zurück ins Zimmer. Besah sich ihr Handy. Man war sie unkonzentriert. Sie hatte es ihrer Handtasche entnommen und abgelegt, aber das Einschalten vergessen! Kleinlaut entschuldigte sie sich.

Christian lächelte müde und ließ sich in den nächstbesten Sessel fallen.

Lisa sah verblüfft zu. So kannte sie ihn gar nicht.

»Tut mir leid, aber das ungewohnte Freihacken und Freischaufeln war anstrengender, als ich dachte.«

Er legte eine kleine Pause ein, ehe er fortfuhr: »Gehe bitte zu meinem Auto. Auf dem Rücksitz ist eine schwere Tasche. Hole Sie bitte ganz vorsichtig. Danke!«

Sie war keinesfalls neugierig, Gott bewahre, nur ein ganz kleines bisschen. Sie schoss los und war keine zwei Minuten später wieder zurück.

»Das ist aber schwer! Hast du aus dem Stollen ein paar Steine mitgenommen?«

Er lächelte.

»Nur einen und zugleich sehr viele!«

Ihr Gesicht bildete ein einziges Fragezeichen.

Christian öffnete den Reißverschluss und entnahm einen in eine Decke eingeschlagenen Gegenstand und setzte ihn auf den Tisch. Dann schlug er die Decke zurück.

Funkelnd und gleißend lag ein Bergkristall in einer nie zuvor gesehener Größe und Reinheit vor ihr.

»Der Kristall war mir jede Mühe wert! Die Kleidung erledigt die Waschmaschine und die Gummistiefel lassen sich leicht waschen.«

Er sah auf die Uhr.

»Wie wäre es jetzt noch mit einem Besuch bei Elke?«

*

Seinem Chef fielen fast die Augen aus dem Kopf.

»Alle Achtung!«

Mit Hilfe seiner Lupe besah er den Kristall genauestens und meinte:

»So wie ich Sie kenne, haben Sie ein neues Bergwerk aufgetrieben. Wie machen Sie das nur?«

»Ach, das ist ganz einfach. Bei jeder Begehung verletze ich scheinbar die Fahrverbote. Die Leute rufen oft den Förster. Wenn der dann kommt, zeige ich meinen alten, einfachen Ausweis vor und wir kommen ins Gespräch. Dabei frage ich, ob er zufällig noch irgendwo ein vergessenes, zugeschüttetes oder getarntes Bergwerk kennt. Manchmal kennt er eines oder er verweist auf einen Kollegen. Auch auf alten Schwarzwaldhöfen kann man Glück haben. Aber überall nur mit einem einfachen

Ausweis! Ja kein Diplom oder gar den Doktor heraushängen! Immer schön tiefstapeln! Außerdem macht es sich gut, wen man den Förster zu einem Vesper einlädt.«

Er schwieg.

»Danke, Herr Werner! Ich nehme an, dass Sie dieses Artefakt wiederum hergeben und es uns zur Ausstellung überlassen?«

Christian dachte einen Augenblick nach.

»Natürlich, nachdem ich es fotografiert habe. Wissen Sie, ich verdiene hier sehr viel Geld! Ich achte aber den Berg zu sehr, um mich an seinen Schätzen zu vergreifen! Und da ist noch mein persönliches Problem! Bis heute weiß sich nicht, was Sie oder Herr Roth von mir erwarten! Wofür geben Sie mit so viel Geld? Dabei verursache ich überwiegend nur Kosten! Sie müssen die Bergwerke vermessen und kartografieren lassen. Zudem verstehe ich viele Dinge nicht. Wozu waren die Verwaltungslehrgänge? Ich will nicht wieder zu Herrn Roth gehen und fragen. Der hält mich sicherlich so langsam für doof!«

Christian stand auf.

»Danke, dass Sie mir zuhörten.«

Sein Chef, Herr Burger, war fassungslos. Zum Glück hatte er das ganze Gespräch heimlich mitgeschnitten. Im Schreibsekretariat abgetippt und an Herrn Roth geschickt. Mehr konnte er momentan nicht tun.

*

Den nächsten Tag verbrachte er damit, die fünf gefundenen Bergwerkeingänge zu katalogisieren. GPS-Daten, Kartenausschnitte mit genauer Wegbeschreibung.

Fotos der Zugänge. Nummer eins bis drei erforderten wenig Mühe. Reine Fleißarbeit.

Bei Nummer vier gab er zudem die genaue Lage der Quarzader an, sowie seine Einschätzung bezüglich der Ergiebigkeit.

Nummer fünf war sehr heikel. Hier musste eine Freigabe seitens der Polizei eingeholt werden. Von wem auch immer. Des Weiteren war zu klären, ob die Angehörigen des Mädchens eine frei zugängliche Gedenkstätte wollten. In diesem Fall musste der Gang erst einige Meter weiter innen verschlossen werden.

Als er soweit war, legte die Berichte kommentarlos im Posteingang von Herrn Burgers Sekretärin ab.

Im Moment konnten ihn mal alle!

*

Warum hatte er sich gestern so aufgeregt? Christian kam zur Erkenntnis, es nach Außen hin unwichtig war, was er leistete. Nach seiner Einstufung würde sich niemand mehr darüber Gedanken machen. Vielleicht sollte er sich einfach auf die Bergwerke beschränken und sich dort gründlich auf Mineraliensuche begeben? Was wollte er mehr? Eigentlich nichts! Außer sich ab und zu mit dem Bergmännchen treffen.

Sein Rechner hatte Zugriff auf alle den Bergbau betreffenden Daten. Er ließ sich die Zehn am längsten nicht mehr begangene Stollen ausdrucken. Er sah auf die Uhr und dann auf die Standorte. Gut, zwei gingen heute noch.

Wie erwartet. Gleich das erste ehemalige Bergwerk glänzte durch Abwesenheit der Tür. Nur zwei rostige Angeln zeigten, dass einmal eine vorhanden war. Sicherlich hatte sie Füße bekommen und war schnurstracks zum Altmetallhändler gelaufen. Er schlüpfte in seine Bergkombination, kontrollierte seine Lampen und sonstige Ausrüstung.

Vorsichtig schritt er in den Gang. Laut Plan rund dreihundert Meter, dann verzweigte er sich. Bisher verlief er im festen Gestein. Ab jetzt gab es lockeres Geröll, Lehm und fester Fels. Im Prinzip gut abgestützt.

Er schritt alle Gänge ab. Bergwerk abgehakt.

Vor dem Eingang warteten sie zu zweit auf ihn.

»Können Sie sich bitte ausweisen?«

Er antwortete mit einer Gegenfrage:

»Ja, ich kann! Und Sie?«

Verdutzt sahen sich die zwei Männer an. Dann lächelnden sie und zeigten ihm ihre Ausweise. Woraufhin er ihnen den seinen hinhielt und fragte:

»Wisst Ihr, ob sich hier ein noch ein weiterer Stollen befindet?«

Bedauernd verneinten sie. Unwichtig!

Die Förster verabschiedeten sich.

Auf zum nächsten und für heute letzten Stollen. Gut

Dieser lag rund eine dreiviertel Stunde Fahrzeit entfernt.

Sein Handy klingelte. Herr Roth war am Apparat.

»Hallo Christian. Wo befinden Sie sich gerade?«
»Guten Tag Herr Roth, im Moment fahre ich zu einer Bergwerkebegehung im Enztal.«

»In Ordnung, Christian. Lassen Sie sich Zeit! Wir treffen uns morgen vierzehn Uhr bei mir im Büro mit ihrem Chef, Herrn Burger, mit Professor Neideck, sowie zwei Herren aus der Leitung von Referat 97. Bis Morgen und fahren Sie vorsichtig!«

*

Der zweite Stollen des Tages war im ersten Augenschein eine positive Ausnahme. Ein frisch gemauerter Eingang, eine stabile Stahlblechtür mit drei Angeln. Das in die Tür eingelassene Schloss höchster Güte. So gut wie nicht zu knacken. Nachdenklich stand er davor. Auf jeden Fall würde der Besitzer Ärger bekommen. Laut Gesetz war er einerseits verpflichtet den Stolleneingang gegen Unbefugte zu verschließen, andererseits dem Bergamt jederzeit den Zugang zu ermöglichen, indem einen Schlüssel im Amt hinterlegte.

Nachdenklich betrachtete er die Tür.

Eine leise Stimme fragte: »Ich habe Hunger und Durst! Gibst du mir ein wenig von deinem Essen ab?«

Das Bergmännchen!

»Aber ja, mein Freund! Heute habe ich dir was Besonderes mitgebracht! Einen großen Weck mit einem Schnitzel! Hier, bitte, probiere einmal!«

Das Bergmännchen biss hinein und schmatzte daraufhin begeistert. Scheinbar wie nebenher bemerkte es:

»Nicht in den Berg gehen! Böse Menschen, böses Pulver!«

Bevor er genauer nachfragen konnte, war es verschwunden.

Auch recht, wozu gab es Handys?

Er wählte die Nummer seines Chefs. Kaum dass dieser sich meldete, legte er los.

»Hallo Herr Burger. Hier ist Christian Werner. Ich befinde mich wahrscheinlich in Lebensgefahr. Bitte schalten Sie ihr Tonband ein. Ich bin bei Bergwerk 1748! GPS-Daten folgen. Notfall. Hier ist was oberfaul! Und vermutlich brandgefährlich! Bitte senden Sie mir sofort zwei unserer Schlosser mit einem tragbaren Schweißgerät und einer Flex her. Zudem zwei bewaffnete Beamte aus dem Rauschgiftdezernat. Dies ist wirklich ein Notfall! Wenn die Verbrecher mich erwischen, werde ich vermutlich umgehend liquidiert! Daher keinesfalls die örtliche Polizei oder einen der hiesigen Förster informieren! Die stecken alle unter einer Decke! Nochmals: Bergwerk 1748. Anbei die GPS-Daten. Beeilen Sie sich! Übrigens, kein Blaulicht, keine Sirenen!«

Herr Burger handelte schnell und gezielt. In Christians Nähe war ein Standort der Bereitschaftspolizei. Deren Direktor kannte er. Die machten garantiert keine krummen Sachen!

Zwei Minuten später fuhr ein Jeep mit zwei Frauen und zwei Männern los. Eine der Frauen kannte das verfallene Bergwerk.

»Ich weiß nicht, was dort sein soll!«

Zwanzig Minuten später erreichten sie den Stollen. Sie atmeten auf. Der Mann lebte jedenfalls noch! Einer der Männer kam laut rufend auf Christian zu.

»Hallo, sind Sie Herr Werner vom Bergbauamt?«

»Ja, wer sind Sie?«

»Bereitschaftspolizei. Man sagte uns, dass Sie sich Lebensgefahr befinden?«

»Dank ihrer Anwesenheit nicht mehr. Bitte kommen sie!«

Als die Polizistin das Tor sah, wunderte sie sich laut.

»Das war früher noch nicht hier.«

Christian fragte:

»Was schließen Sie daraus?«

Die Frau sah ratlos drein.

»Wir sind hier im Grenzgebiet. Schmuggelgut? Wenn Sie allein sind ...!«

Die Dame wechselte die Farbe.

»Was machen wir jetzt?«

»Warten. Wenn alles so gemacht wird, wie ich es mir denke, kommen zwei Schlosser und öffnen die Tür! Außerdem bat ich, dass Beamte vom Rauschgiftdezernat mitkommen sollten. Ach ja. Haben sie Maschinenpistolen dabei?«

»Ja, wozu?«

»Wenn jemand der Verbrecher was mitbekommt, lassen sie uns nicht so leicht weg. Alles eine Frage des Wertes!«

Er setzte sich ins Gras uns rief Lisa an.

»Hallo mein Schatz, es gibt Probleme mit einem Bergwerk. Es wird heute sehr spät werden. Dafür gehen wir morgen Abend groß aus, du bist eingeladen! Was? Nein, nein. Die Stimmen im Hintergrund? Ach, das ist nur die Bereitschaftspolizei! Ja? Danke, mach es gut! Bis morgen!«

Die Leute von der Polizei diskutierten lautstark.

Endlich kam das Fahrzeug mit den Schlossern.

Er wies auf die Tür.

»Bitte sofort öffnen!«

Inzwischen hatten sich die beiden Polizeibeamten aus Freiburg vorgestellt.

Krachend fiel die Tür nach außen.

Ein kurzer Blick genügte ihm.

Die zwei Männer von der Rauschgiftabteilung waren fast aus dem Häuschen.

Sie ließen sich mit dem Leiter der Bereitschaftspolizei verbinden und forderten weitere Polizisten an. Danach sprachen sie mit ihrer Dienststelle.

Ihm war das so was von gleichgültig. Er nahm auf dem Fahrersitz Platz und schloss müde die Augen. Nur für ein paar Minuten. Gleich darauf schlief er tief ein.

*

Alle Achtung! Jetzt ging es erst richtig los. Ein dieselbetriebener Generator speiste zwei Lichtmasten. Kabeltrommeln wurde ausgerollt, der Stollen immer tiefer ausgeleuchtet. Geländegängige Transportfahrzeuge des Bundesgrenzschutzes fuhren vor und begannen die schweren Säcke mit dem Rauschgift zu verladen und abzutransportieren.

Nicht lange, dann mussten sie die Arbeiten vorübergehend einstellen. Weiter hinten war das Bergwerk vermint!

So langsam wurde es eng. Ein Bombenräumkommando fuhr vor. Erst als dieses die Minen entschärft und geborgen hatte, ging es weiter. Dabei stießen sie auf ein unglaublich großes Waffen und Munitionslager.

Wer zum Teufel hatte dies alles eingerichtet? Angeblich von niemandem bemerkt. Wenn der Mann von der Bergbaubehörde nicht misstrauisch geworden wäre, hätten die Gauner noch lange weitermachen können.

Ach ja, wo wer denn der Mann? Die beiden Schlosser waren längst wieder nach Hause gefahren.

Nachdem die Minen beseitigt waren, ging es weiter.

Christian, inzwischen aufgewacht, kam staunend heran. Bevor es Ärger gab, hatten ihn die vier Polizisten aus der Bereitschaft umringt und zur aktuellen Einsatzleitung geführt. Ein älterer Mann koordinierte die verschiedenen Dienste. Er bat ihn, sich zu ihm zu setzen und zu erzählen, wie er auf die ganze Schweinerei aufmerksam wurde. Der Einsatzleiter stimmte Christians Ansicht zu, dass so gut wie alle Anwohner an der Sache beteiligt waren. Zu seinem großen Glück hatte ihn der zweifellos vorhandene Wächter übersehen. So konnte die Bereitschaftspolizei ihn gerade noch rechtzeitig retten. Plötzlich fiel sein Blick auf zwei Männer, welche bewacht herbeigeführt wurden. Ja, wo kamen die denn her?

*

Seit über anderthalb Stunden hatte er nichts mehr von Christian und den beiden Schlossern gehört! Er hielt es nicht länger aus.

Er rief Herrn Roth an.

»Hallo Herr Roth, Christian hat vor neunzig Minuten einen Hilferuf abgesetzt. Seitdem habe ich nichts von ihm und meinen Männern gehört. Ich will hinfahren und ...! Ja, gut, ich nehme Sie gerne mit! Wie? Mit einem Fahrzeug der Einsatzbereitschaft. Gut, bis gleich.«

Auf der Fahrt berichtete Herr Burger was er wusste. Eigentlich nicht viel.

Als Sie sich ihrem Ziel näherten, merkten sie auf. Laufend kamen ihnen Polizeifahrzeuge entgegen. Zwei Lichtmasten tauchten auf. Sie wurden angehalten. Ein Polizist trat heran.

»Ihre Ausweise bitte!«

Der Polizist gab sie zurück und zeigte auf einen freien Platz.

Danach deutete er auf einen großen, aus mehreren Teilen zusammengesetzten, portablen Tisch.

»Ihr Mann sitzt dort bei der Einsatzleitung.«

Ihr Fahrer parkte das Auto ein und blieb ruhig sitzen.

*

»Herr Roth? Herr Burger, weshalb sind Sie denn hier?«

Und an den Einsatzleiter:

»Das sind meine beiden Vorgesetzten im Amt! Wenn Herr Burger nicht auf die Idee mit der schnell erreichbaren Bereitschaftspolizei gekommen wäre, wer weiß, ob ich jetzt noch leben würde!«

Umgehend wurden zwei weitere Hocker gebracht. Grinsend wandte sich Herr Roth an Christian.

»Ich wollte unbedingt einmal sehen, was meine Mitarbeiter tagsüber so treiben. Um was geht es diesmal?«

Der Einsatzleiter antwortete trocken. »Um mehrere hundert Millionen Euro an Rauschgift, um Waffen, Munition und Sprengstoff! Einen derart großen Fund machten wir bisher nie! Ein ganz heißes Eisen, bei dem ihr Mitarbeiter sein Leben aufs Spiel gesetzt hat! Wenn Sie ihn nicht mehr brauchen, wir übernehmen ihn gerne!«

*

Punkt acht Uhr saß er an seinem Schreibtisch, den Kopf in die Hände gestützt, intensiv nachdenkend. Was machte er falsch? Irgendwie war in letzter Zeit ein dicker Wurm drin!

Statt Mineralien zu finden, sie auszugraben, zu fotografieren und auszustellen, gab es nichts wie Ärger mit ungesicherten oder mit im Gegenteil extrem gesicherten Zugängen. Wenn die Leute nicht ihren ganzen Mist in den Stollen gepackt hätten, wäre sicherlich der eine oder andere Quarz zu finden gewesen.

Seine Tür ging auf und eine vorwurfsvolle Stimme sagte:

»Was tun Sie denn hier, Herr Werner? Wir haben ihnen doch den Vormittag freigegeben!«

»Guten Morgen Herr Burger! Nochmals vielen Dank für ihre rasche Hilfe. Ihr Einfall mit der Bereitschaftspolizei war genial! Wie ich in der Zeitung las, gab es gestern einen Großeinsatz der Polizei! Zum

Glück hat niemand etwas mitbekommen, dass das Bergbauamt mitgespielt hat.«, schloss er zufrieden.

Her Burger sah ihn traurig an.

»Sie irren sich! Die beiden Schlosser haben voller Stolz von dem Vorfall erzählt. Der Flurfunk hat die Geschichte schnell im ganzen Haus verbreitet. Und Sie, Herr Werner, für ihre Aufmerksamkeit gelobt!«

Krampfhaft hielt er sich am Tisch fest. Das durfte doch nicht wahr sein.

»Die Sache kam dummerweise der Referatsleitung zu Ohren. Heute Morgen hat mich der Ministerialrat telefonisch gefragt, ob ich etwas von der Sache wüsste. Ich gab zu, dass ich Sie mit Herrn Roth später aufsuchte. Sie haben ihn umgehend zu sich befohlen. Vermutlich hätten wir, als wir die Größenordnung des Vorfalls erkannten, unsere Leitung sofort infomieren müssen. Aber einen derartigen Fall hatten wir noch nie. Das Ganze wird aller Wahrscheinlichkeit ein ziemliches Nachspiel haben! Warum konnten Sie nicht einfach wegschauen?«

Fast hätte er gesagt ›wegen des Bergmännchens‹.

»Hätte ich wirklich wegschauen sollen! Außerdem, wenn ich nicht den Zugang erzwungen hätte, könnte ich nicht mehr schlafen! Die Frage, welche Mineralien mir entgangen wären, hätte mich geplagt!«

Herr Burger war sehr ernst:

»Ich denke, sie handelten richtig! Das organisierte Verbrechen hat eine teure Schlappe einstecken müssen. Es wurden viele Unterlagen mit Namen gefunden, welche auch Angaben über Schmiergeldzahlungen enthielten. Die Antikorruptionsabteilung wird viel zu tun bekommen. Man kann jetzt einen großen Sumpf trockenlegen. Ach, übrigens, die Besprechung heute Nachmittag ist auf unbestimmte Zeit verschoben!«

Herr Gruber grüßte und ging. Was hatte er wirklich gewollt, fragte sich Christian.

*

Seufzend machte er sich daran, die Begehungsberichte zu schreiben. Das Bergwerk war vorbildlich gesichert. Da der Grundstücksbesitzer entgegen den Vorschriften keinen Schlüssel hinterlegt hatte, war eine Begehung nicht möglich.

Was im Grund ja auch stimmte. Die nachfolgenden Ereignisse hatten mit seiner Arbeit nichts zu tun.

Sein Telefon klingelte. Er hob ab und seufzte. Lisa!

»Guten Morgen, du hattest gestern keine Zeit. Wie geht es dir?«

Irgendwie klang die ganze Sache recht scheinheilig.

»Danke gut, und dir?«

»Ich habe im Lehrerzimmer die Tageszeitung gelesen. Weißt du, was da drinstand?«

»Natürlich nicht! Ich habe keine Zeit dazu! Im Gegensatz zu Lehrern muss ich arbeiten! Wie du weißt, lese ich keine Zeitungen! Bitte mache es kurz und sag, was du willst, ich bin am Berichte schreiben!«

Anscheinend merkte sie schnell, dass er keine Lust auf einen Plausch hatte.

»Ach, nichts Wichtiges. Das hat noch bis heute Abend Zeit! Bis dann, mein Schatz!«

Zehn Uhr. Die Sekretärin von Herrn Burger rief an, ob er zehn Minuten vor elf Uhr bitte kommen würde? Was blieb ihm übrig, als zuzusagen.

Heute Vormittag schien nicht sein Tag zu sein! Laufend wurde er gestört.

Herr Burger erwartete ihn bereits und nahm ihn mit zu Herrn Roth. Ein paar Minuten mussten sie sich noch gedulden, ehe man sie hereinbat.

Cristian machte große Augen.

Ein runder Tisch mit belegten Häppchen und Sektgläsern.

Herrn Roth, Herrn Professor Neideck und zwei unbekannte, beeindruckende Männer, Mitte der Vierzig.

Herr Roth ergriff das Wort.

»Meine Herren, darf ihnen Herrn Christian Werner vorstellen? Christian, dies ist Herr Egon Müller, unser Abteilungsdirektor und sein Stellvertreter, der Technische Direktor Ulf Fries!«

Fein, höher ging's nimmer.

Professor Neideck zog raschelnd ein Dokument aus seiner Tasche und griff nach dem vor ihm stehenden Glas.

»Meine Herren, trinken wir auf das Wohl von Herrn Christian Werner, Doktor der Mineralogie!«

Alle tranken und gratulierten ihm. Herr Roth lud zu Tisch. Als alle saßen, wandte sich Herr Müller an ihn.

»Es freut mich, unser Sorgenkind endlich persönlich kennen zu lernen, auch wenn ich seit eben eine Sorge mehr habe!«

Er lachte bei dem verständnislosen Blick laut auf.

»Vor zwei Wochen vergaben wir ein Abbaurecht über das Bergwerk, in dem Sie die Quarzader fanden. Seitdem machen wir uns Sorgen, dass Sie jemand abwirbt. Wir wollen Sie aber behalten. Wenn die von ihrem zusätzlichen Doktortitel in Mineralogie erfahren, wollen die Sie erst recht.«

Herr Müller schwieg, langte zu und begann zu essen. Dafür übernahm nun der Technische Direktor und brachte ebenfalls ein Dokument zum Vorschein.

Vor lauter Aufregung erfasste er nur wenige Bruchstücke.

-- Landespräsidium Freiburg --

- Landesbergdirektion - Referat 97 -

Herr Dr. Dr. Christian Werner, Beamter auf Probe, wird ab dem 1. 10. des Jahres als Beamter fest übernommen.

Die Amtsbezeichnung lautet: Assistent der Referatsleitung. Die bisherige Hauptaufgabe entfällt. Grinsend bemerkte Herr Roth:

»Wir stellen statt ihnen jemanden neu ein. Sie werden gründlich in viele Gebiete eingearbeitet werden. Natürlich dürfen Sie sich weiterhin ab und zu in einem Bergwerk umsehen!«

Alle lachten.

»Herr Werner, bitte erzählen Sie uns, wie sie darauf kamen, dass mit dem Bergwerk etwas nicht stimmte?«

»Zur Zeit lege ich meine besondere Aufmerksamkeit auf den Eingangsbereich. Bei älteren Stollen war fast immer alles offen, verrostet oder sonst wie vergammelt. Dieser Eingang hingegen? Top gesichert, darüber hinaus aufwändig verbreitert. Die Zufahrt und der anschließende Feldweg? Neu angelegt und der Grund tragfähig gemacht. Das Gleiche galt für den weiterführenden Weg. Sichere Zu- und Wegfahrt, damit kein Gegenverkehr entsteht. Und all diese Kosten sagten mir, dass es sich nicht um Kleinigkeiten handeln konnte. Jetzt bekam ich Angst. Ganz sicher gab es einen versteckten Wächter. Nun war ich in Lebensgefahr. Hier gab es vor einiger Zeit zwei ungeklärte Unfälle. Also rief ich Herrn Gruber an, und bat ihn, mir schnellstmöglich ein paar Polizisten zu senden! Aber keine aus der Umgebung. Zu meinem Glück kannte er die Bereitschaftspolizei in der Nähe. Mann war ich erleichtert, als vier Personen ankamen. Mir war klar, dass ich jetzt noch nicht weggehen durfte. Jemand würde gleich darauf versuchen, die Spuren gewaltsam zu verwischen, notfalls durch eine Sprengung. Deshalb bat ich Herrn Burger, zwei Schlosser zu senden, um die Tür zu öffnen, und gleichzeitig um zwei Beamte aus dem Rauschgiftdezernat. Als diese ankamen, warfen sie nur einen kurzen Blick hinein und forderten weitere Polizisten zu unserem Schutz an, sowie ein Einsatzkommando ihrer eigenen Abteilung. Von da an war ich außen vor. Rund zwei Stunden danach kamen die Herren Gruber und Roth dazu. Wie ich nach Hause kam, weiß ich nicht mehr. Filmriss!«

»Können Sie uns bitte noch erzählen, wie es dazukam, dass Sie, bevor Sie zu uns kamen, einem Mann das Leben retten?«

Christian grinste.

»Sie sind teilweise im Irrtum! Ich brauchte für meinen zweiten Bildband Aufnahmen von Mineralien, welche unbeschädigt nur in für Besucher gesperrten Bereichen vorkamen. Ich fragte meinen Dozenten an der Uni, ob er mir irgendwie helfen könnte. Er vermittelte mir einen Gesprächstermin bei Herrn Roth. Dieser erstellte eine Art Erlaubnisschein, sodass ich in Schaubergwerken beliebig fotografieren durfte. Sozusagen als Hilfskraft ihrer Behörde!«

Die Referatsleiter sahen sich gegenseitig dumm an.

»Sie schreiben Bücher über Mineralien? Davon wussten wir bisher nichts!«

»Na ja, es sind eher sogenannte Bildbände. Bei meinem ersten Fotoshooting in einem Nebenstollen hörte ich schwache Hilferufe. Selbverständlich alarmierte ich umgehend die Rettungsleitstelle und die Polizei. Dabei fanden die Retter ein paar Säcke voll Rauschgift, das war alles.«

Zufrieden aß er ein Häppchen.

»Wir würden gerne ihre Bücher sehen. Geben Sie uns bitte die ISBN-Nummern.«

»Nicht nötig! In meinem Büro sind genügend original verpackte Exemplare. Herr Gruber erhält nachher je zwei Stück und kann diese dann an Sie weiterleiten!«

Die Herren von der Referatsleitung nickten zufrieden.

»Herr Werner, können wir unsererseits noch etwas für Sie tun?«

»Aber ja. Lassen Sie bitte den Stollen komplett ausräumen, das heißt das gesamte Mobiliar wie Regale, Tische, Schränke und so weiter. Nicht zu vergessen die Elektroinstallation und die Toiletten! Wenn das Bergwerk wieder im Originalzustand ist, kann ich dann vielleicht wieder ein paar schöne Mineralien finden!«

*

Gut eine Stunde später gingen alle zurück in ihre Büros.

Christian packte als erstes die Bücher ein und übergab sie Herrn Grubers Sekretärin. Anschließend rief er Lisa an.

»Hallo Liebling. Darf ich dich heute Abend in ein ruhiges Lokal einladen? Ohne Discjockey?«

Er durfte.

Fünf Minuten später rief er sie erneut an.

»Ich bin es nochmal. Können wir uns in einer halben Stunde in einem Café treffen? Mir ist eben etwas eingefallen. Ja? Wo? Gut, danke! Bis dann!«

*

Natürlich hatte Karl dem kleinen Männchen nicht über den Weg getraut.

Den einunddreißigsten Oktober kannte praktisch so gut wie jeder unter dem Namen ›Halloween‹. Modernes Spektakel.

Doch was verband diese Ereignis mit dem Zwerg? Nichts, bis er darauf stieß, das dies ein uralter keltischer Festtag war. Samhain! Ende des Sommers. Tod der Götter, einfahren der Ernte und mythologische Schlachten.

Ja, das passte. Er würde den Berg zwingen, das Gold, ›sein Gold‹, herzugeben! Das Gold hatte er praktisch schon in der Tasche. Nur, wie wegbringen? Mit dem Fahrrad? In einem Einachsanhänger mit einer extrastarken Zusatzbremse?

Er war sauer auf sich selbst. Natürlich war er betrunken, sie warnten ihn, der Wirt wollte ein Taxi rufen, aber er fühlte sich mächtig stark.

Bevor er gewalttätig wurde, ließen sie ihn achselzuckend laufen. Was er nicht mitbekam war, dass der Wirt die Polizei gerufen hatte.

Karl kam nicht weit.

Nach der Blutprobe hatte er für zwei Jahre keinen Führerschein mehr. Seitdem fuhr er ein Treckingbike.

Wieder kreisten seine Gedanken um das Transportproblem. Notlösung: Rucksack, zwei Satteltaschen und das Anhängerchen. Und den Rest am nächsten Tag holen.

Unter den gegebenen Umständen sicherlich eine gute Lösung.

*

Lisa war noch nicht hier. Da es nur wenige freie Tisch gab, setzte er sich schnell.

Eigentlich war es sicherlich nicht der beste Zeitpunkt für das beabsichtigte Gespräch, aber er hatte es geschafft, denn er wollte die Neuigkeit unbedingt Lisa mitteilen.

Während er noch überlegte, kam Lisa lächelnd heran.

Er sah sie ganz bewusst an. Sie war sehr schön und er liebte sie aus ganzem Herzen. Andererseits, sie kannten sich erst seit wenigen Monaten. Lisa hatte bei ihm Platz genommen und Kaffee bestellt. Small Talk. Sie merkte schnell, dass er etwas wollte, sich aber nicht so richtig getraute. Deshalb ergriff sie seine Hand.

»Christian, heraus mit der Sprache! Wir kennen uns lange genug, um zu wissen, dass wir zusammen gehören. Ich liebe Dich!«

Für einen Moment verschlug es ihm die Sprache, doch gleich darauf fing er sich wieder.

»Ab dem Ersten des nächsten Monats bin ich als Beamter eingestellt. Seit heute besitze ich zwei Doktortitel. Eine gute Grundlage für eine Familienplanung, findest du nicht auch? Eine Verlobung am nächsten Valentinstag würde zeitlich gut passen. Bis dahin wären Freundschaftsringe sehr schön! In der Kaiserstraße gibt es hervorragende Juweliere. Wenn du einverstanden bist, dann suchen wir sie jetzt gleich auf und führen sie heute Abend bei Elke vor.«

Ängstlich fragend sah er sie an.

Sie fiel ihm um den Hals und küsste ihn liebevoll.

*

Rund fünftausend und fünfhundert Euro. Aber die Anschaffung lohnte sich. Ein Trekking-E-Bike der Spitzenklasse!

Wie ein Test ergab, half der Motor beim Ziehen mit dem leeren Anhänger erheblich.

Wobei er eine Belastung von einhundert Kilo annahm. Mindestens! Wie er diese Menge aus dem Bergwerk herausbringen wollte, darüber machte er sich keine Gedanken. Bei dem aktuellen Goldpreis von fünf Millionen für einhundert Kilo, blendete er in seiner wahnhaften Gier alle Probleme aus.

Nur noch vier Wochen!

*

Christian war glücklich mit Lisa und hochzufrieden mit seiner Arbeit.

Seit er sich offen zu ihr bekannte, wirkte sie gelöster. Die jeweiligen Eltern waren sehr davon angetan, dass sie sich verloben wollten.

Was seine Arbeit betraf, seine Aufgaben hatten sich geändert. Herr Roth hatte einen Art Ausbildungsplan ausgearbeitet, der ihn jede Woche in eine andere Abteilung versetzte.

Ohne Doktortitel, kein Diplomingenieur, kein neues Büro oder Ähnliches. Völlig unauffällig als einfacher Verwaltungsangestellter in der Ausbildung.

Es war hochinteressant, zumal er weiterhin alle vierzehn Tage eine Bergwerkbegehung machen durfte. Dank des hilfreichen Bergmännchens sprangen für ihn meistens schöne Fotos von Mineralien heraus.

Er lernte nach und nach viele Beamte und Angestellte des Landespräsidiums kennen. Wie überrascht war er jedoch, als er erfuhr, wer Herr Roth wirklich war. Stellvertretender Personalchef mit vielen Sonderaufgaben. Kontaktperson zu Hochschulen und

Universitäten, zu Betreibern von aktiven Gruben wie auch Schaubergwerken.

Kein Wunder, dass der ihm damals die Sondergenehmigung zum Betreten gesperrter Stollen ausstellen konnte. Noch immer führte er dieses Dokument mit sich.

Heute war der einunddreißigste Oktober, Halloween.

Für morgen Nachmittag hatte er mal wieder eine Bergwerksbegehung vor, den Unterlagen nach recht harmlos, sodass er Lisa erlaubte mit zu kommen. Anschließend in einem in de Nähe befindlichen Höhengasthaus essen, danach noch einen kurzen Drink bei Elke. Es war kalt geworden. Hoffentlich blieb es morgen schneefrei. Laut Wetterbericht konnte es im Schwarzwald örtlich zu kräftigen Schneeschauern kommen. Na und? Er hatte längst auf Winterreifen umgestellt. Mit Allradantrieb und angepasster Geschwindigkeit war nichts zu befürchten.

Guter Plan.

*

Endlich! Halloween, die Nacht, welche unermesslichen Reichtum versprach! Gut ausgerüstet fuhr er am späten Nachmittag los.

Als Erstes schnitt er das Gestrüpp samt Wurzeln soweit zurück, dass ihn nichts mehr behinderte.

Jetzt kam der schweißtreibende Teil. Bisher musste er auf dem Bauch kriechen, um in den Stollen zu gelangen. Mit Hacke und Schaufel, immer wieder von Verschnaufpausen unterbrochen, legte er den Eingang frei, zumindest so weit, dass er in gebückter Haltung hinein konnte. Karl kannte sich mit Bergwerken nicht aus, sonst hätte er aus dem am Boden liegenden Gestein erkannt, dass die Anlage uralt und instabil war. Ein Blick auf die Uhr. Zweiundzwanzig Uhr dreißig!

Viel zu früh! Wütend machte er sich daran, noch mehr Schutt aus dem Eingang zu entfernen. Nicht allein, um die Zeit totzuschlagen, sondern auch um nachher ein leichteres Wegschaffen des Goldes zu ermöglichen.

Zehn Minuten vor Mitternacht. Ungeduldig, am ganzen Körper vor Aufregung zitternd, saß er vor dem Stolleneingang auf dem schmutzigen Aushub. Derartige Kleinigkeiten störten ihn im Augenblick nicht.

Auf seiner Funkarmbanduhr war es genau Mitternacht!

Eilends stand er auf. Er wollte keine Sekunde mehr verlieren.

Ziemlich unachtsam schritt er hinein, mit der rechten Hand die Stablampe haltend und alles eifrig ausleuchtend. In der Linken trug er eine Grubenlampe, auf dem Rücken einen großen Rucksack.

Da, ein Gang nach Lings abbiegend.

Karl stieß einen Freudenschrei aus. Etwa dreißig Meter vor ihm, funkelte und glitzerte das ersehnte Gold. Nur noch dieses wahrnehmend lief er blindlings darauf zu. Der Gang vor ihm war mit alten Türstöcken gesichert. In seiner Gier stolperte er über eine Spreize, riss dies mit sich. Vor Schreck ließ er die Lampen fallen und versuchte sich am nächsten Stempel festzuhalten. Dieser gab nach und kippte zur Seite. Damit verlor die darüberliegend Kappe den Halt. In einer dominoartigen Kettenreaktion riss der kippende Stempel weitere mit sich. Ein Schlag an den Kopf und es wurde Dunkel.

Ein Teil des Stollens stürzte ein, begrub ihn teilweise unter sich.

Er erwachte unter furchtbaren Schmerzen. Er konnte sich kaum bewegen, so wie er eingeklemmt war.

Ein Balken lag auf seinem rechten Fuß genau auf dem Kniegelenk. Den Schmerzen nach zu urteilen, war dieses teilweise zertrümmert. Dies war sein Ende! Niemand wusste, wo er war! Hinzu kam ein brennender Durst. Um das Maß vollzumachen, glitzerte in einiger Entfernung im Licht seiner nicht beschädigten Grubenlampe das Gold.

Ein fahles Licht, stärker und stärker werdend. Und mittendrin das Bergmännchen!

»Nun Karl erhältst du deinen Lohn! Du hast mir von deinem Essen und Trinken verweigert, hast mich gewaltsam geschüttelt und mir mein bisschen Flussgold gestohlen, mich gezwungen dir diesen Stollen zu zeigen. Hast du wirklich geglaubt, mit Gewalt dir die Schätze des Berges aneignen zu können? Jetzt wirst du selbst verspüren, wie weh Hunger und Durst tun!«

Das Leuchten erlosch.

Karl wollte rufen, um Hilfe schreien, doch er brachte nur in unverständliches Krächzen hervor.

Schmerzen, höllische Schmerzen und Durst!

Dann kam die nächste Ohnmacht.

*

Schon früh am Morgen saß Christian an seinem Schreibtisch. Soeben wollte er den Computer hochfahren, als nahezu durchsichtig das Bergmännchen ihm gegenübersaß.

Nur schemenhaft, nicht sprechend, auf den Parkplatz zeigend.

»Zum Auto, zu einem Bergwerk?«, fragte er.

Der Nebelstreif nickte und löste sich auf. Aha, anscheinend war das Männchen weit außerhalb seines normalen Bereiches, sodass es nicht richtig materialisieren konnte.

Er griff zum Handy und sandte eine Nachricht an Lisa.

›Hallo Schatz, ich muss leider weg! Ich melde mich später wieder!‹

Anschließend ließ er über das Sekretariat Herrn Roth ausrichten, dass er dringend wegmüsste. Da er heute Nachmittag sowieso mit Lisa wegwollte, hatte er bereits auf der Fahrt zum Präsidium einen großen Fleischkäsweck und Cola besorgt. Was sich jetzt als einen guten Einfall herausstellte. So konnte er sofort losfahren.

*

Als Herr Roth Christians Nachricht erhielt, hatte der kein gutes Gefühl. Wenn Christian derart überhastet aufbrach, ging es nicht um Kleinigkeiten! Eher um Leben und Tod! Per Handy war er nicht erreichbar. Kein gutes Zeichen.

Gestern war Halloween. War da etwa einer betrunken in ein Bergwerk eingestiegen und verunglückt? Nun ja. Er würde es noch erfahren.

*

Die Konturen des Bergmännchens verfestigten sich mit jedem Kilometer, mit dem sie in den Schwarzwald eintauchten.

Ein Wanderparkplatz. Er hielt an und gab dem Kleinen Essen und Trinken. Erfreut griff das Männchen zu. Nebenher dirigierte es ihn immer höher in ein abgelegenes Gebiet. Hohe Tannen säumten den Weg.

Plötzlich stieg dieser steil an, war zudem leicht verschneit.

»Halte an. Schau nach rechts!«

Ein E-Bike mit Anhänger, vor einem dunklen Loch. Ohne zu zögern, legte er seinen Grubenoverall an. Eine gründliche Überprüfung seiner Ausrüstung ergab: Alles in Ordnung!

Vorsichtig, leicht gebückt, stieg er ein. Vor ihm zeichneten sich auf dem Boden deutliche Fußabdrücke ab. Er folgte der Spur, die nach gut hundert Metern in einen Seitengang abbog. Ab jetzt wurde es heikel. Eine Türstockabsicherung, der einfachen Bauweise nach zu urteilen, weit über hundert Jahre alt. Äußerst behutsam stieg er über die Spreizen hinweg. Diese und die Stempel keinesfalls berührend. An der Einsturzstelle lag unter Balken ein verschütteter Mann, sich kaum mehr bewegend. Was hatte der Idiot hier gewollt? Doch nicht etwa Gold gesucht?

Ein paar Meter weiter schimmerte es goldgelb, auch vor seinen Füßen gab es kleine Goldstückchen, aus der Decke herausgebrochen. Pyrit, nahezu wertloses Katzengold.

Vorsichtig schritt er zurück, denn hier konnte er im Moment so gut wie nichts ausrichten. Schnell legte er den gefahrlosen Hauptgang zurück. Und griff zum Handy. Die übliche 112 Nummer.

»Rettungsleitstelle, was kann ich für Sie tun?«

»Mein Name ist Christian Werner, Bergbauamt. Hier oben ist ein anscheinend seit Langem vergessener Stollen. Jemand liegt darin, vermutlich schwer verletzt, unter einer eingestürzten Verschalung. Die Bergung ist hochriskant! Jeden Moment können weitere Teile des Stollens einstürzen!«

Er beschrieb den Weg zur Unglücksstelle genau. Außerdem gab er der Leitstelle seine Handynummer.

»Ach ja, das letzte Stück des Weges ist sehr steil, ohne Allradantrieb kommt da niemand hoch!«

Jetzt hieß es erst einmal warten. Schnell schoss er noch ein paar Fotos vom Eingangsbereich mitsamt dem E-Bike und nahm die GPS-Daten auf.

Danach fuhr er den Weg ein Stück weit hoch. Sieh mal einer an. Ein breiter stabiler, breiter Holzabfuhrweg. Nur, wie kam man da hoch?

Er wendete und fuhr wieder zurück, stellte sein Auto seitlich in den Wald, um den Weg freizuhalten.

Auf die Bosheit der lieben Nachbarn war Verlass. Jemand hatte ihn hochfahren sehen, zum Handy gegriffen und ihn im nächstgelegenen Forstamt angezeigt, denn soeben kam ein Jeep der Forstverwaltung auf ihn zu. Der Förster stieg aus und kam auf ihn zu. Christian ließ diesen erst gar nicht zu Wort kommen.

»Guten Morgen!« Er zeigte seinen Ausweis vor. »Bergbauamt! In dem Stollen da drüben ist ein Mann verschüttet. Rettungsfahrzeuge sind unterwegs. Bitte fahren Sie diesen entgegen und leiten Sie Fahrzeuge auf den Weg hier oberhalb um! Nur der Notarzt darf direkt hierher. Danke!«

Der Mann nickte verstehend, wendete und fuhr zurück. Plötzlich fiel ihm ein, dass er stets eine gelb blinkende Warnlampe im Kofferraum mit sich führte. Bisher hatte er sie noch nie gebraucht. Jetzt stellte er sie aufs Autodach und schaltete sie ein.

Danach zog er sich ins Auto zurück, ließ Motor, obwohl nicht erlaubt, laufen und schaltete die Heizung auf höchsten Wert. Weges des Idioten im Bergwerk riskierte er keine Erkältung.

Er überlegte, dann entschloss er sich, Herrn Roth anzurufen. Dieser ließ sich eine genaue Wegbeschreibung geben. Danach rief dieser Herrn Gruber an.

Elender Mist, hätte doch nur nicht angerufen! Jetzt musste er damit rechnen, dass dieser ebenfalls mit wollte.

Zudem dies hier viel interessanter war als dessen Büroarbeit. Also fuhren sie gemeinsam los.

Es dauerte noch gut eine dreiviertel Stunde, ehe Christian von ferne Sirenen hörte. Wurde aber auch Zeit.

Als er im Rückspiegel sah, wie das Einsatzfahrzeug anhielt und mehrere Personen ausstiegen und herbeikamen, musste er wohl auch wieder in die Kälte raus.

Ein kräftiger Mann, schätzungsweise Anfang der vierzig, Kam auf ihn zu und stellte sich vor: »Mein Name ist Ewald Röhner, ich bin der Einsatzleiter!«

»Christian Werner, Bergbauamt! Bitte folgen Sie mir, aber bitte vorläufig alleine, bis Sie sich selbst ein Bild von der Sache gemacht haben! Ich weise Sie nachdrücklich darauf hin, dass eine Rettung höchste Lebensgefahr für die Retter bedeutet!«

Er ging voraus, Herr Röhner folgte. Bis zur Abzweigung ging es recht schnell und sorglos.

Dann erklärte er:

»Vorsicht, der Stollen ist sehr alt und morsch! In diesem Gang gibt es Türstockabsicherungen, mit einem gut dreiviertel Meter Abstand zwischen den Stempeln. Am Boden liegen Spreizer. Den Spuren nach ist der Mann gegen einen Spreizer gestoßen und hat diesen weggerissen. Er selbst hat vermutlich das Gleichgewicht verlorene und ist gegen einen Stempel gestoßen. Dadurch stürzten die Kappen herab und führten zu einem unkontrollierten Domino-Effekt.«

Erstellte seine Lampe sauf einen scharf gebündelten sehr hellen Lichtstrahl.

»Sie sehen, dass zwei der Stempel jeweils zur gegenüberliegenden Seite gestürzt sind und sich verklemmten. Sie haben dadurch verhindert, dass alles auf dem Mann liegt. Sehen Sie,« er deutete mit dem Licht jeweils auf einen Balken, »Zwei kräftig Männer. Einer zieht den Balken vorsichtig nach vorne, der Zweite nimmt das andere Ende und verhindert, dass der Balken auf den Boden aufschlägt. Jetzt kommt der schwierigste und gefährlichste Teil. Den Balken hierher schaffen, ohne auf einen der am Boden liegenden Spreizer zu treten oder gegen einen Stempel zu stoßen. Wir müssen unbedingt vermeiden, dass der vordere Teil hier ebenfalls einstürzt. Das ganze drei bis vier Mal. Dann sehen wir schnell, wie wir den Mann bergen können.«

»Ich verstehe! Wir legen sofort bis hierher Kabel und stellen Leuchten auf. Außerdem nehmen wir je zwei Männer an jedem Balkenende. Einverstanden?«

Als sie wieder draußen waren, hatten die Feuerwehrleute einen Campingtisch mit ein paar Hockern und einem Flipchart aufgestellt. Inzwischen war noch ein zweiter Wagen der Feuerwehr angekommen.

Herr Röhner bat alle zu sich.

»Im Berg liegt ein vermutlich schwer verletzter Mann unter einer teilweise eingestürzten Türstockabsicherung! Die Bergung ist lebensgefährlich! Achten Sie auf die Spreizhölzer auf dem Boden! Diese nicht betreten oder berühren, keinesfalls an einen der Stempel stoßen. Bewegen Sie sich mit höchster Vorsicht. Die eigentliche Bergung erkläre ich gleich noch. Dafür benötige ich vier kräftige Freiwillige! Sie legen unter Lebensgefahr nach meinen Vorgaben den Mann frei. Das ›wie‹ erkläre ich gleich anhand von Zeichnungen auf dem Flipchart! Ich übernehme an der Einsatzstelle die Leitung!«

Dann wandte er sich Christian zu.

»Dies ist Herr Werner vom Bergbauamt. Zwei Mann mit Standscheinwerfern begleiten ihn, zwei Mann mit Kabeltrommeln folgen. Herr Werner zeigt ihnen, wo und wie er die Leuchten aufgestellt haben will und die

Leitungen verlegt. Bleiben Sie stets hinter Herrn Werner! Seinen Anweisungen sind genauesten zu befolgen!«

Leuchten, Kabel, Generator, Trage und so weiter wurden herbeigeschafft.

Danach stieg er mit den Männern ein.

Fünf Meter vor dem ersten Türstock ließ er anhalten und die Leuchter links und rechts aufstellen, dabei die beiden Kabel ganz eng an die Außenwand legen. Ja keine Stolperfallen. Gerade als sie fertig waren, die Beleuchtung funktionierte und eingestellt war, kam Herr Röhner mit den Helfern.

Christian ermahnte alle noch einmal, auf nichts zu treten und Abstand zu den Stempeln zu halten. Andere machten sich daran den Stollen in Richtung Einstieg zu beleuchten.

Christian beobachtete genau, wie die ersten zwei Männer am freistehenden Balkenende behutsam zogen, die anderen beiden rechtzeitig dessen Ende hochnahmen und unter den noch stehenden Türstöcken in sicheres Gebiet trugen. Weitere Männer übernahmen und schafften das Holz aus dem Stollen.

Nachdem drei Balken entfernt waren, mussten die Männer eine Pause einlegen, denn er wollte die nächsten Schritte festlegen. Wie erwartet erschien, nur für ihn sichtbar, das Bergmännchen, welches ihn anleitete.

Gut so!

Er winkte Herrn Röhner zu sich.

»Hier! Unter dieses Balkenende einen Wagenheber darunterstellen. Ganz vorsichtig hochbocken, dann kann ich den Mann herausziehen!«

Sofort ließ Herr Röhner einen Wagenheber kommen. Einer der Helfer kurbelte den bedenklich ächzenden Balken Millimeter für Millimeter hoch.

»Stop! Das reicht fürs Erste. Ich bin der schlankste und krieche darunter durch. Sobald ich den Mann zu fassen kriege, ziehen Sie mich an den Füßen langsam heraus. Ab sofort absolute Stille, sie müssen hören, was ich sage!«

Schau an, der Kleine war schon wieder da und nickte zustimmend.

Ganz langsam kroch er zu dem Verletzten. Dann wurde es eng.

»Herr Röhner! Bitte den Balken langsam zusätzlich um zwei Zentimeter anheben!«

Der Wagenheber quietschte.

»Halt!«

Mit beiden Händen umfasste er Handgelenk und Unterarm des Verschütteten.

»Mich jetzt ganz langsam heraus herausziehen. Schön gleichmäßig!«

Man war der Kerl schwer! Aber er ließ sich herausziehen!

Nach zehn Minuten war es geschafft. Er ließ los und ging unter den Türstöcken hindurch zum sicheren Bereich. Erschöpft ließ er sich an der Wand nieder und schloss kurz die Augen.

Neben der Trage, auf die sie Karl legten, wartet bereits der Notarzt. Infusion und Morphium als Erstversorgung. Im Krankenwagen wurde sein Bein notdürftig gerichtet, Karls rechtes Knie war zerschmettert.

Erschrocken öffnete Christian die Augen.

Jemand hatte ihn leicht an der Schulter geschüttelt.

Herr Roth stand vor ihm, ihn vorwurfsvoll ansehend.

»Was für ein Wahnsinn! Sie könnten tot sein! Dabei predigen gerade Sie andauernd, ja nicht das Leben der Einsatzkräfte zu gefährden! Was haben Sie sich dabei gedacht?«

Nun ja, er konnte schlecht erzählen, dass er sich auf seinen kleinen Freund verließ.

Er wollte aufstehen, kam aber kaum hoch. Herr Roth zog ihn an einer Seite empor. Auf der anderen Seite stützte ihn ebenfalls jemand. Herr Burger! Wo kam der denn her?

Nach kaum zehn Schritten brach der gewaltsam hochgedrückte Balken mit einem durchdringend Krachen. Mit einem schrecklichen Getöse fielen die restlichen Türstöcke in sich zusammen, gaben den Blick tief in den Gang frei!

Welch betörendes goldenes Funkeln und Gleißen. Was für ein Schatz!

Herr Roth und Herr Burger waren stumm vor Staunen. Unsicher sahen sie Christian an.

»Sollen wir das Gold nicht bergen lassen?«

Der lachte laut.

»Dies ist ›Katzengold‹, genauer Pyrit! Nur für Mineraliensammler von Interesse, ansonsten nahezu wertlos!«

Enttäuscht gingen sie weiter.

Nachdenklich sagte Christian:

»Jetzt wissen wir, was der Mann ist. Ein völlig unbedarfter, gieriger Schatzgräber! Fast hätte er seine Dummheit mit dem Leben bezahlt!«

Als sie den Stollen verließen, war der Notarzt bereits weggefahren. Die Feuerwehr baute ihre Ausrüstung ab und verstaute diese. Der Einsatzleiter kam heran.

»Herr Werner, wo haben Sie unseren Wagenheber gelassen?«

»Wagenheber, welchen Wagenheber? Keine Ahnung! Ich jedenfalls weiß davon nichts!«, log ungeniert.

Herr Roth grinste.

»Kaufen Sie einen Neuen und schicken Sie mir die Rechnung. Das Präsidium hilft der armen Feuerwehr doch gerne!«

Herr Röhner lachte.

»Vielen Dank. Aber daraus entsteht ein viel zu großer bürokratischer Aufwand. Aber was ich noch fragen wollte, woher kannten Sie den Unglücksort?«

»Ganz einfach! Einem Forstgehilfen fiel vor einigen Monaten ein frisch gegrabenes Loch auf. Er beobachtete es und stellte zudem fest, dass es ein Zugang zu einem vergessenen Bergwerk ist. Gestern Abend, bei Einbruch der Dämmerung sah er, wie jemand mit Hacke und Schaufel den Stolleneingang frei legte. Er kümmerte sich nicht weiter darum. Heute Morgen kam ihm die Sache plötzlich verdächtig vor und er ging nochmals hin. Dabei sah er das E-Bike. Der Besitzer war also noch im Stollen. Er alarmierte den Oberförster, den ich routinemäßig vor ein paar Wochen besuchte und ein Buch mit meiner Visitenkarte hinterließ, mit der Bitte, mir ungewöhnliche Vorfälle zu melden. Heute Morgen war es soweit ...«

Christian schwieg. Da sie um seine vielen Kontakte zu Forstbeamten wussten, akzeptierten sie seine Aussage sofort.

Auch der Einsatzleiter der Feuerwehr nickte verstehend und meinte:.

»Da hat der Mann aber Glück gehabt. Wenn ihn nicht jemand eher zufällig bemerkt hätte, in zwei bis drei Tagen wäre er verdurstet.«

Danach verabschiedete er sich.

Eine Minute später waren nur noch sie drei vor dem Bergwerkstollen.

»Und was machen wir jetzt?«, fragte Herr Burger.

»Oh, ganz einfach. Herr Roth kennt sicherlich ein gutes Restaurant und lädt uns zum Mittagessen ein!

Anschließend geht er zur Referatsleitung petzen, äh, ich meine berichten. Den üblichen nichtssagenden Bericht erstellen, wir drei waren natürlich nicht da, und den Grundstücksbesitzer zum Verschließen des Bergwerkes auffordern. Was mich anbetrifft, in Hallwangen gibt es ein interessantes Besucherbergwerk. Mit meiner Verlobten, ich gebe sie als meine Assistentin aus, machen wir ganz offiziell eine nicht angekündigte Begehung! «

Auffordernd sah er Herrn Roth an.

Dieser lachte.

»In Ordnung, Christian. Herr Burger und ich fahren voraus!«

*

Lisa steuerte sein Fahrzeug. Sie wunderte sich über Christian. Der döste vor sich hin, nickte immer wieder ein. So anstrengend konnte die Begehung heute Morgen doch nicht gewesen sein. Ob er mal wieder etwas verschwieg?

Sie waren gleich am Ziel. ›Dornstetten‹ stand auf dem Ortsschild. Lisa tippte ›Café‹ auf dem Navi ein. Auf dem Parkplatz schaltete sie den Motor ab und weckte Christian. Mit einem Schrei fuhr dieser hoch, sich verstört umblickend. Sekundenlang schien er völlig orientierungslos.

Dann war er wieder klar.

»Au fein! Ein Café! Eine Tasse Kaffee-Avec, mit einem kräftigen Cognac oder Kirsch, käme mir genau recht.«

Lisa wunderte sich. Bisher hatte Christian noch nie Derartiges getrunken.

Mitten im Kuchenessen klingelte ihr Handy. Ihr Vater war am Apparat.

»Gehe mal auf Facebook! Schlagzeilen!«

Sie hatte einen Account und fand schnell das Gesuchte:

›Gefährliche Rettung‹ Unter höchster Lebensgefahr kroch ein Angestellter des Bergbauamtes unter eine zusammenbrechende Stollenverschalung, um einen Verschütten zu bergen! Kaum eine Minute später brach alles endgültig zusammen!

Lisa erschrak fast zu Tode. Kein Wunder, dass Christian so erschöpft war.

Lisa bekam nicht mit, dass Christian ebenfalls einen kurzen Anruf bekam und sie seitdem beobachtete.

Lisa sah geschockt auf.

»Du warst auf Facebook? Vergiss es! Ich wurde verbotenerweise heimlich gefilmt. Das kostet jemand seinen Job!«

Lisa holte tief Luft und legte los:

»Bis du verrückt! Wie kommst du dazu ...!«

Er unterbrach sie scharf:

»Halt Lisa! Kein Wort mehr! Keine Beleidigungen! Dies ist nur eine Facette meines Berufes. Der Mann benötigte Hilfe. Ich besaß eine Chance, ihn zu retten, die anderen hatten keine! In einer ähnlichen Situation werde ich wieder genauso handeln. Überlege dir genau, ob du damit leben kannst. Wenn nicht, müssen wir uns trennen! Ich gestehe niemandem das Recht zu, mir in meiner Welt Vorschriften zu machen oder nachträglich Vorwürfe zu erheben!«

Er schwieg und sah sie ernst an. Sie schluckte und schluckte.

 Im Prinzip hatte Cristian recht.

Unter extremem Zeitdruck musste er in den Tiefen des Berges, unter Abwägung aller Möglichkeiten, eine Entscheidung treffen. Ganz sicher war er sich voll des Risikos, der tödlichen Gefahr bewusst gewesen.

Und hatte sich trotzdem für die Bergung entschieden!

So langsam beruhigte sie sich.

Schließlich liebte sie ihn. Trotzdem, der Appetit war ihr vergangen.

»Können wir bitte nach Hause fahren? Ich fühle mich nicht wohl!«

Christian nickte.

»Gib mir bitte die Schlüssel, ich fahre!«

Die Rückfahrt verlief ziemlich einsilbig. Lisa konnte das Geschen noch nicht so ganz überwinden. Aber eines war ihr klar: Sie würde stets zu ihm halten und helfen!

Vorsichtig fragte sie:

»Was hast du Morgen vor?«

Er schwieg minutenlang, ehe er antwortete.

»Morgen früh fahre ich nochmals in das Bergwerk von heute. Ich kam, dank Herrn Roth und Herrn Burger, nicht dazu, es mir genauer anzusehen. Das will ich morgen nachholen.«

Für einen Moment erschrak Lisa. Aber dann akzeptierte sie seine Begründung.

»Christian, darf ich bitte mitkommen?«

»Wenn du es möchtest, ja. Ist es dir recht, wenn ich dich gegen zehn Uhr abhole. Bitte mit Bergausrüstung und Ersatzkleidung! Dank Herrn Roth kenne ich neuerdings ein Restaurant der Spitzenklasse. Du bist zum Mittagessen eingeladen.«

Freudig stimmte sie zu.

»Dafür lade ich dich später zu Elke ein!«

*

Zwei Schinkenbrötchen, ein Brötchen mit einem Schnitzel und eines mit Fleischkäse belegt, alle schön haltbar in Zellophan gewickelt. Dazu eine große Cola und ein Liter Milch. Christian packte alles in einen Leinenbeutel und legte ihn in den Kofferraum. Danach fuhr er weiter zu Lisa.

Genau fünf Minuten vor zehn Uhr war er dort. Trotz der morgendlichen Kälte wartete sie schon vor der Tür.

Schnell stieg sie ein und gab ihm einen Kuss.

»Guten Morgen, Christian. Du kannst losfahren!«

Rund eine Stunde später hielt er vor dem Bergwerk an und stieg aus. Beide stiegen in ihre Grubenanzüge und überprüften ihre Ausrüstung.

»In diesen schmalen Stollen bist eingestiegen?«

»Aber ja, und gleich geht es nur gebückt weiter! Bist du soweit?«

Sie nickte.

»Gut einen Moment noch.«

Aus dem Kofferraum holte er einen gefüllten Leinenbeutel heraus und legte den Inhalt auf den Rücksitz.

Anschließend platzierte er den Beutel neben den Stolleneingang.

Sorgfältig legte er die Brötchen und die Getränke darauf. Danach sprach er in Richtung Bergwerk:

»Lass es dir schmecken, mein kleiner Freund.«

Lisa sah entsetzt drein. Hatte Christian Halluzinationen?

Verstört folgte sie ihm in das Bergwerk.

Nach mehreren Metern verbreiterte und erhöhte sich der Gang zu einem ganz normalen Stollen. Als Lisa genauer hinsah, stellte sie fest, dass der Zugang bewusst zugemauert wurde.

Christian schritt sorglos aus. An einem Nebengang hielt er und leuchtete in die Tiefe des Berges.

»Sie hin! Dort hinten liegt das eingestürzte Gebälk!«

Lisa schauderte.

Gleich darauf schritt er weiter, allerdings langsamer und vorsichtiger als bisher. Nach kurzer Zeit waren sie an einem größeren Raum angekommen. Christian sah sich um. An mehreren Stellen glitzerte es golden.

»Dies ist Katzengold! Nimm dein Spitzhämmerchen und hilf mir, einige größere Stücke freizulegen. Sie sind praktisch nichts wert. Aber in einer Vitrine machen sie sich ausgezeichnet.«

Nach einer Stunde hatten sie mehrere rundum golden glänzende Kristallbrocken ausgegraben.

»Fertig, Lisa.«

Er öffnete seinen Rucksack und brachte mehrere dünne Luftpolsterfolien zum Vorschein und reichte ihr welche. Schnell waren die Mineralien in den Rucksäcken verstaut.

Lisa gab einen erschrockenen Japser von sich. Vor ihr, auf einem großen Stein, leuchtete milchigweiß ein ovales Licht auf, größer und größer werdend. Mittendrin erschien ein kleines, ganz in Grau gekleidetes Männchen. Mit einem langwallenden Bart, einen spitzen Hut tragend.

Schockiert vernahm Sie Christians Stimme.

»Hallo mein Kleiner, ich hoffe, es hat dir geschmeckt!«

Es kam ihr wie ein Traum vor. Dann sprach das Männchen mit leiser, heller Stimme:

»Guten Tag Lisa, Guten Tag Christian, ich danke dir! Du hast mir Essen gegeben, stets an mich gedacht. Du hast ein gutes Herz, wie auch die Rettung des Verschütteten es beweist! Doch meine Zeit neigt sich dem Ende zu. Ehe ich vergehe, kann ich noch einen letzten Wunsch aussprechen! Ich will, dass ihr beiden, du Lisa und du Christian, miteinander glücklich werdet!«

Nur noch ein Hauch.

»Lebt wohl!«

Das Leuchten erlosch und mit ihm verschwand das Bergmännchen. Christian zog Lisa mit sich.

»Komm, du musst dringend an die frische Luft!«

Er zog sie durch den Stollen zum Ausgang mit sich.

Das Essen auf dem Stoffbeutel war verschwunden.

Lisa schaffte es immerhin, ihren Rucksack allein aus dem Stollen zu tragen. Er legte alles in den Kofferraum, dann nahm er Lisa fest in den Arm. Langsam kam sie wieder soweit zu sich, dass sie aus dem Overall schlüpfen konnte und sich wieder anzog. Christian setzte sie behutsam in den Beifahrersitz und fuhr los zum Gasthof.

Lisa hatte sich, zumindest nach außen hin, wieder voll im Griff, sodass er bestellen konnte.

»Zum Trinken bitte zwei Viertele Rieslingschorle. Zum Essen bitte zweimal Pilzrahmsuppe und Rehrücken mit Kartoffelgratin. Danke!«

Als der Wein kam, erhob er sein Glas und stieß mit Lisa an.

»Auf dich, Bergmännchen, und dass es dir, wo immer du auch bist, gut geht. Auf dein Wohl!«

***

DIE HÜTER
· UTOPIA · L.A.R.K·13 ·
Klaus F. Kandel

DIE HÜTER
PRINZ VON RHYLORA
Klaus R. Zandel